京大芸人式日本史

菅 広文

幻冬舎よしもと文庫

京大芸人式日本史

目次

プロローグ――「むかし　むかし　あるところに日本人がいました」

ある日、僕はもう一度日本史を習いたいと思った。

なぜもう一度日本史を習いたいと思ったのか？　それは単純な理由だった。

正月明けに、新聞でセンター試験の問題が掲載されているのを見たのだ。何気なくその問題を読んでみた。数学、理科、日本史、国語、英語の問題をざっくり読んで、僕は思った。

「えーー!?　全然分かれへんようになってるやん！　現役の時もそんなに分かってなかったけど、今はピクリとも分かれへんやん！」

一人でヘラヘラ笑ってしまった。

いつものように4コママンガとテレビ欄だけ見とけばよかったと後悔した。解けるかも知れないと調子に乗ってしまった自分を恥じた。

正直、数学や英語が分からないのは納得出来た。

なぜなら、数学の公式も英単語も、完全に忘れていたからだ。

また調子に乗ってしまった。

なぜなら現役の時から、そんなに分かってなかったからだ。

ただ、自分の中でどうしても許せなかったのが、いちばん得意科目だった日本史の問題もまったく分からなくなっていたことだ。

もちろん日本史は暗記科目なので、「忘れているので解けない問題」があるのは理解出来る。しかし、今の僕は、暗記出来ている出来ていない以前に、「日本史の流れ」すら頭に入っていなかったのだ。

つまり、学生時代にあれだけ勉強したことはどうやら無駄だったということだ。

また調子に乗ってしまった。

なぜならそんなに勉強していなかったからだ。

僕は高校時代に、宇治原から聞いた言葉を思い出した。

「日本史の教科書は物語のように読めば絶対に忘れない」

つまり、「物語を読むように読めば、流れが頭に入ってくるので忘れない」というのが宇治原の理屈だった。

僕は押入れから日本史の教科書を引っ張り出してきて、読んでみようと思った。

押入れを開けて、分かったことがあった。

押入れには日本史の教科書は無かった。掃除機しかなかった。

僕は自分が、学生時代の教科書を大人になってからも押入れに置いておくほど出来た人間ではないことを忘れていた。押入れに日本史の教科書が入っているかも……と、一瞬でも思った自分を恥じた。

すぐに近くの商店街にある本屋さんに行って教科書を買って帰り、読んでみることにした。

ある程度読んでから、僕は宇治原に質問したいことが、3つ出来た。

「こんなに難しい本を、どうやったら物語のように読めるのですか？」

「それはあなただから出来たことではないのですか？」

「また自慢ですか？」

と。

宇治原は「宇治原しか出来ないこと」を、さもみんなが出来るように人に話す時がある。

つまり何が言いたいかというと、僕ぐらいの頭脳レベルでは、この教科書の文体を物語のように読むことは不可能に思えたのだ。

僕は持ち前の嫌な性格をフルに活かし、勝手に周りも巻き込んでみることにした。

世の中には「物語を読むように日本史の教科書を読むことなんて出来ない」人が、たくさんいるのではないかと。出来ないのは、僕だけじゃないのではないかと。

そうなると、やるべきことが見えてきた。

ただ1つだ。

それは、「読みやすい日本史の物語を僕が作ればいい」ということだ。

出来ないことを言ってしまった。

僕が宇治原に、日本史の物語を作ってもらえばいいのだ。

あともう1つ、大切なことがあった。

こうなると僕の買った日本史の教科書を、宇治原が読むことになる。
だから宇治原に日本史の教科書代を請求しなければ。

「むかしむかし、あるところに日本人がいました」

テンション低めに宇治原が僕に言った。

テンション高めに僕は宇治原に返した。

「もっと感情込めて言えや！　寝る子に絵本読んでるんちゃうぞ！　寝てしまうわ！　寝てしまったろか？　なあ？　寝てしまったろか？」

もちろん宇治原に「日本史の教科書を物語のように読んでもらうこと」が理不尽なのは、分かっていた。

しかし、ここで引いてしまってはいけないことも経験上分かっていた。

「あなたが日本史の教科書を物語のように読んだらいいって言ったんですよね？　そう言ったのは、僕ちがいますよね？　あなたから言いだしたんですよね？

じゃあ、物語にして読んでくださいよ！　聞きますから！」

の発言をするくらいのテンションでぶつかっていかなければ。少しだけテンション
を上げた宇治原が、もう一度言った。

「むかしむかし、あるところに日本人がいました」

僕は宇治原に質問した。

「むかしむかしっていつ？」

元の低いテンションに戻った宇治原が言った。

「……そら、初めは縄文時代からでいいんちゃう？」

もう１つ宇治原に質問した。

「なるほど。じゃあ、あるところってどこ？」

さらに低いテンションで宇治原が言った。

「……縄文時代やから、モースさんが見つけた東京の大森《おおもり》貝塚でいいんちゃう？」

正直に言うと大森貝塚のことは覚えていなかったが、知ったかぶりをして、さらに
もう１つ宇治原に質問した。

「なるほど。モースさんが見つけた東京の大森貝塚やな。ほんで、そのあるところに

いた日本人は誰なん？」

宇治原が言った。

「……縄文時代やから縄文人や」

僕は宇治原に質問した。

初めが肝心だ。自分の聞きたいことを聞かなければ。

「縄文人のどなたさん？」

面倒くさそうな宇治原。

中学生の頃に友達から電話がかかってきて電話を切ったあと、お母さんからされる恒例の質問「誰からなん？」に対して答える、恒例の回答を宇治原が言った。

「誰でもいいやん」

誰でもいいことはない。すごく気になる。

今やっと、お母さんの気持ちが分かったような気がした。

僕は宇治原に「誰でもいいことないやん。気になるやん」と、学生の時にお母さんが言っていたセリフと同じことを言った。

すると宇治原が、またもや面倒くさそうに答えた。

「おまえの好きにしいや。おまえは誰がいいの？」

なかなかナイスな提案を、宇治原が自らしてきた。

このチャンスを逃してはいけない。僕は会いたい人物を宇治原に伝えた。

「縄文土器に初めて縄の模様つけた人にしてや」

戸惑う宇治原。

お母さんの「誰からなん？」の質問に「え？　彼女やで」と言っていたら、こんな顔をされただろうか？

もう1つ、宇治原が戸惑うであろうことを僕は言った。

「その人に、俺がタイムマシーンに乗って会いに行く物語にしてや」

息子の発した〝彼女の名前〟が外国人だった時のお母さんのように、宇治原はカタカナを呟《つぶや》いた。

「タイムマシーン？」

僕は物語の中とはいえ、タイムマシーンに乗りたかったのだ。

〝むかしむかしの悪いやつ〟に追いかけられて、捕まる一歩手前で命からがらタイムマシーンに乗り込みたかった。

さっきよりさらに低いテンションで、宇治原が口を開いた。

「縄文時代の大森貝塚の近くに、縄文土器に初めて縄で模様をつけた人がいました」

どうして土器に縄の模様をつけたのですか？

宇治原に言われたとおり、僕はタイムマシーンを大森貝塚に設定して目的地に着いた。

降りてみて思い出した。

貝塚は、今で言うところのゴミ捨て場だった。自分の無知と宇治原を呪った。

しかし、ゴミ捨て場があるということは、人が住んでいるということだ。

〝その人〟を探し始めると、目的の家はすぐに見つかった。家の前に縄が大量にあったからだ。

この時代の特徴的な建物である竪穴《たてあな》式住居と呼ばれる、土を掘ったところに屋根を乗せただけの、若手芸人でも住まないような穴の中に入ると、毛むくじゃらの男が石を削って石器を作っていた。教科書で「磨製石器」と習った、アレだ。

僕は毛むくじゃらの男に話しかけた。

「すみません」

毛むくじゃらの男が振り返った。

僕は毛むくじゃらの男に話しかけた。

「すみません。ちょっとだけいいですか？」

男は警戒することもなく、笑顔で応えた。毛だらけの口元から口が出てきた。

「なんですか？」

僕は用意してきた質問をその男にぶつけた。

「ちょっと聞いたんですけど」

「はい？」

「……あなたは、初めて土器に縄の模様をつけた方ですか？」

男は満面の笑みで答えた。

「そうですよ」

探していた人物に、簡単に巡り合えた。

僕は率直な質問をぶつけた。

「なんで土器に縄の模様をつけようと思ったんですか？」

縄文土器には縄の模様が施されていると教科書で習ってはいたが、《なぜ縄の模様をつけたか？》は定かではなかったので、それが知りたかったのだ。

すると、意外な答えが返ってきた。毛むくじゃらの男がまくし立てた。

「みんなの土器と一緒になった時に、自分の土器がどれか分からなくなるんですよ。だから自分の土器がどれか区別するために縄で模様をつけたんですよ。そしたら周りのみんながそれいいじゃん！　ってなって、みんな縄で模様をつけるようになってしまってね。結局、自分の土器がどれか分からなくなってしまったんですよ。はっははは」

男は爆笑していた。

この時代は争いごとが無いと教わったが、この男を見て、なんとなく納得出来た。

なぜこの時代に争いごとが無かったのか？　僕は考えてみることにした。

集団でイノシシやシカを捕まえていたからではないだろうか？　イノシシやシカを一人で捕まえることは、当然ながら不可能だろう。大勢で捕まえたはずだ。だから、仲間同士の仲の良さが必要なのだ。

実際どのようにしてイノシシやシカを捕まえたのだろうか？　落とし穴などの罠《わな》でも作ったのだろうか？

突然、ある不安が生じた。

「僕の先祖は、宇治原の先祖が作った罠に落ちてはいないだろうか？」と心配になったのだ。

「うわあ。菅また落ちてるやん！」と、罠の上から宇治原の先祖になじられていないだろうか？

僕の先祖が罠にかかったシカを可哀《かわい》そうだからと逃がしてしまうと、「その行為は、普段ちゃんとシカが獲《と》れてるやつがやる行為や」と宇治原の先祖から冷静に説教されてはいないだろうか？

だんだん宇治原に腹が立ってきた。

他にも僕の先祖に対して心配ごとが出てきた。

動物を運ぶ時は周りに迷惑をかけていなかっただろうか？　たぶん僕の先祖のことだから、イノシシやシカをみんなで運ぶ時は、「必死で運んでいますよ」の顔をしていたに違いない。そんなに力を入れてないのに。しかも、イノシシやシカを運ぶ前に、顔を水で濡らして、「汗かいていますよ」の感じも出したに決まっていた。

しかもそれが、「菅のお得意芸」として仲間達にばれているようにも思えた。

前脚担当の男「菅！　もっと力入れろ。右脚だけ下がっている」
菅の先祖「すみません。このイノシシ、左脚に比べて、右脚だけめちゃくちゃ重いと思うんですよ」
前脚担当の男「そんなイノシシおらんわ。脚の重さが違うかったら、歩いたらグルグル回ることになるやろ？　それに比べて宇治原見てみ！　ちゃんと左脚持っているやろ？」

こんな会話がされていたに違いないと思った。

宇治原の先祖は、やはり頭が良くて「イノシシを運ぶ時に、手が滑らない手袋らしきもの」を手にはめてイノシシを運んだのではないだろうか？

またもや宇治原に腹が立ってきた。

考えても腹が立つだけなので僕は気を取り直して、毛むくじゃらの男に話しかけた。

「でもあなたが土器に縄で模様をつけたおかげで、未来では、この時代のことを《縄文時代》と呼ぶようになるんですよ」

男は嬉《うれ》しそうに言った。

「えーそうなんですか。超すごいじゃないですか！　いやあ嬉しいなあ。あ、そうだ」

男は立ち上がり、あるものを僕に手渡した。

「よかったら、どうぞ。帰りに何か嫌なことがありませんように」

手渡されたものを見てみると、教科書でよく見たことのあるものだった。

土偶（人の形をしている。ただ幼稚園児が粘土でアンパンマン作ったぐらいのレベル）だ。

この時代の人々の暮らしは、天候に左右されることが多く、呪術などのいわゆる《神頼み》をすることが多かった。土偶はその中の1つで、多くは女性の体を象《かたど》ったと言われている。

男は小声で僕に言った。

「これ、うちのかみさんの体なんですよ」

僕は思った。

やはり《かみ頼み》をしているようだ。

僕は過去のものを現代に持ち帰ってはいけないことを伝え（本当は形が気持ち悪かっただけ）、この時代をあとにした。

次に行くところは決まっていたし、次に会いたい人物も決まっていた。

もう1つ決めたことがあった。

宇治原が決めたところには行かないことにしよう。

どうして土器に縄で模様をつけるのをやめたのですか？

とりあえず、弥生時代の有名な遺跡である静岡県の登呂《とろ》遺跡付近に行くことにした。

登呂遺跡よりも大きい佐賀県の吉野《よしの》ケ里《がり》遺跡が発見されるまでは、日本一有名だった環濠《かんごう》集落だ。

環濠集落とは、敵から身を守るために堀や柵を造って村の周辺を囲った集落のことだ。

可哀そうな登呂遺跡さん。もう少し大きければ、ずっと有名でいられたのに。

タイムマシーンを降りてから辺りを歩いてみると、縄文時代には無かった建物がいくつも建っていた。

高床式倉庫（風通しを良くするために出来るだけ高いところに造った倉庫）と呼ばれる、穀物（食べ物）などを蓄えておく建物だった。

僕は辺りを見渡し、穀物をめちゃくちゃ蓄えている高床式倉庫を探すことにした。

さっそく、穀物がはみ出している高床式倉庫を見つけた。

火にかける前のもつ鍋ぐらいのボリュームがあった。

その横の田んぼで、黙々と耕している男に話しかけた。男は、先に鉄のついた道具を使っていた。

「すみません」

縄文時代の男とは違い、警戒心丸出しの顔で、男は僕を見た。

「あなたが、土器に縄で模様をつけるのをやめようと言いだした方ですよね？」

返事をすることもなく、男はまた田んぼを耕し始めた。

僕は質問を繰り返した。どうしても理由が聞きたかったからだ。

「どうして、縄で模様をつけるのをやめたんですか？」

男は質問には答えず、黙々と田んぼを耕していた。

残念だったが、僕は男としゃべることを諦め、他の人に話を聞くことにした。

辺りを見渡すと、穀物を少しも蓄えていない高床式倉庫を見つけた。

食べ終えたあとのもつ鍋の状態だった。もつどころか、もやし1つ残っていなかった。

その横の田んぼでは、鉄のついていない、木だけで出来た道具で、耕している男を見つけた。着ている服も、さっきの男とは違い、ボロボロだった。

僕は思った。

《可哀そうに。一生懸命田んぼを耕しているのは、さっきの男と変わらないのに、こんなに差が出るのか？　この時代から、穫《と》れる穀物の量によって貧富の差が生まれたって習ったけど、ほんの少しの場所の違いしかないのに》

僕に出来ることがあれば手伝おうと思い、男の田んぼに近づいた。

田んぼに近づいて、初めて分かったことがあった。

その男は田んぼを耕すのが、めちゃめちゃ下手だった。今まで1回も田んぼを耕したことのない僕が見ても、めちゃめちゃ下手だった。

手と足の動きがバラバラだった。

木の反対側（とがってない方）で耕そうとしていた。

田んぼがぐちゃぐちゃになっていた。

しかもカエルを追いかけるだけの男だった。

しかもカエルを捕まえることの出来ない男だった。

僕は思った。

《場所関係ないやーん！　あんたの実力やーーん！》

稲作によって貧富の差が生まれたと習ったが、現代と同じように、《頑張る人》と《頑張らない人》がいたのも事実のようだった。

僕は男に話しかけた。

「すみません。あの人が土器に縄で模様をつけるのをやめようと言ったのですよね？」

火にかける前のもつ鍋男を指さして質問すると、その男は僕に言った。

「え？　土器に模様って、ついてなかったっけ？　土器自体を最近見てないから分からんなあ。ていうか土器ってなんでしたか？　美味しいですか？」

僕には見えた。

これから先、貧富の差が広がっていくのが。

卑弥呼さんはどっちにいますか？

次は、そんな貧富の差から生まれた集落を、それなりに1つにまとめた人物に会いに行きたかった。

卑弥呼《ひみこ》さんだ。

卑弥呼さんは邪馬台国《やまたいこく》を治めた女王だ。

日本史のマンガを見ると、1巻か2巻の表紙に白い服を着た女性が描かれていることがよくあるが、あれが卑弥呼さんだ。本物もあのとおりだろうか？

さて、卑弥呼さんに会うためには、大きな問題が1つあった。

タイムマシーンの降り場所だ。

というのは、卑弥呼さんが今の北九州にいたのか、近畿にいたのか、定かではなかったからだ。

僕は自動販売機で飲み物を迷った時にするように、タイムマシーンのボタンを2つ同時に押した。自動販売機のボタンを同時に押す時、少しだけ自分の好きな方に力を入れてしまうのと同じように、卑弥呼さんにいて欲しいと自分が思った方のボタンを先に押してしまった……かも知れない。

240年に到着すると、子供の時に見たままの、図書館にあった日本史のマンガの1巻か2巻の表紙で見たままの、卑弥呼さんがいた。

やっぱり日本のマンガはすごいと思った。

「こっちにいたんですね？」

急に現れた僕に驚くこともなく、卑弥呼さんは言った。

「こっちって？」

僕は卑弥呼さんに、現代では、邪馬台国がどっちにあったのか（近畿か、北九州か）、はっきりしてないことを伝えた。

卑弥呼さんはそのことには驚き、僕に言った。

「あーそうなの？　ずっとこっちにいますよ。そっちの場所は行ったことも無いわよ。

戻ったら、みなさんにこっちにいるって言っておいてね」

　卑弥呼さんっぽくはあるが、本当に卑弥呼さんかどうかまだ分からないので、本物かどうか確かめるべく質問をした。

「仲良くしている国ってあります？」

　本物の卑弥呼さんならば、２３９年に魏《ぎ》の皇帝から「親魏倭王《しんぎわおう》（僕？　僕は魏のえらいさんやけど、卑弥呼さんのことを日本のえらいさんに認定します。おめでとうございます）」の称号と印綬《いんじゅ》を受け取っているはずだった。

　つまり金のハンコをもらっているはずだった。

「魏の国に、この前、使いを送ったわよ。魏は、呉《ご》と蜀《しょく》と高句麗《こうくり》と仲が悪いから、私たちと仲良くしたいんだって」

　良かった。

　卑弥呼さんに間違いない。

　調子に乗った僕は、卑弥呼さんに言った。

「少し前なんですけど、僕たちの時代で流行《はや》っていたギャグがあるんですよ」

　僕は自分の髪の毛を両手で摑《つか》んで叫んだ。

「卑弥呼様!!」

残念ながらそのギャグをするには、僕の髪の毛はあまりにも短すぎた。

僕は左右の側頭部を押さえているだけの男だった。

ただ卑弥呼さんは爆笑していた。腹を抱えて笑っている。必死で笑いを堪《こら》えながら、卑弥呼さんは僕に言った。

「この距離でそんなに大きな声を出さなくても聞こえるわよ！　面白い人ね」

周りにいる、「男弟《だんてい》」と呼ばれる卑弥呼さんを守る男たちも、僕がやったのと同じように、一斉に側頭部を摑み《卑弥呼様!!》とやり出した。

ますます爆笑の卑弥呼さん。

「聞こえているわよ！　ねえ、聞こえているわよ！」

どうやら「距離が近いのに大きな声で叫ぶこと」を、すごく気に入ってくれたみたいだ。

ウケた理由は予想外だったが、ウケたので良しとすることにした。

ハニワングランプリ開催

次の時代では、今までの時代と大きく変化した事柄があった。

それはお墓だ。

これまでの時代は、集団墓地と言われる、みんなが一斉に埋葬されるお墓だったが、古墳時代と呼ばれる時代になると、一個人のえらいさんだけを埋葬する大きなお墓が造られた。

円墳（丸いお墓）や、方墳（四角いお墓）、前方後円墳（前が四角で後ろが丸いお墓）などがある。

とりあえず僕は、古墳時代でいちばん有名な古墳である「大仙《だいせん》古墳」（今の堺市にある）に行くことにした。ちなみに、僕が学生の時は仁徳《にんとく》天皇のお墓だと習ったが、今は誰のお墓なのか定かではないらしい。（宇治原談）

行ってみると、大仙古墳の前に人だかりが出来ていた。

おそらく、古墳を造った人たちが集まっているのだろう。みな一様に、泥まみれだったからだ。

司会者らしき人物が叫んだ。

「ただ今より、第1回大仙古墳主催ハ、ニ、ワ、ン、グランプリの優勝者を決定します」

よく分からない大会が開催されていた。

司会者らしき男は、ちょうど古墳の真ん中に立って叫んだ。

「それでは審査委員の方よろしくお願いします」

司会者の前に、審査委員らしき7人が並んでいた。端の男から叫んだ。

「巫女《みこ》」

「兵士」

「巫女」

「馬」

「馬」

「馬」

「馬」

司会者が叫んだ。

「巫女2票、兵士1票、馬4票というわけで、第1回大仙古墳主催ハニワングランプリ優勝は馬です」

馬の埴輪《はにわ》を持った男が、司会者の横に並んだ。

どうやら、どの埴輪がいちばんなのかを決める大会のようだった。

間もなく、司会者による優勝者へのインタビューが始まった。

「いやあ、見事な埴輪でしたね。あの埴輪を作られたきっかけはなんだったのですか？」

「そうですね。もともと僕は、まあここにいるみんなもそうですけど、大仙古墳の〝えらいさん〟が亡くなった時に、一緒に生き埋めにされる予定だったんですよ。たぶんえらいさんは一人で死ぬのが寂しかったんでしょうね」

「そうですか。〝えらいさん〟というのは、大王《オオキミ》のことですよね？」

「はい。ところが、今賞状持ってはる、えらいさん、つまり大王《オオキミ》が、『やっぱりなんか引くから生き埋めはやめよう』と言ってくれて。ほんで、代わりに思い思いの埴輪を作ってそれを埋めようと言ってくれて、埴輪を埋めることになったんですよ」

「なるほど。今回はたくさんの方が埴輪を作られましたが、ハニワングランプリでの勝因はなんだと思いますか？」

「そうですね。たぶんみんな、シュッとした兵士や、男の審査委員に媚《こび》を売って女性の巫女を作ってくるやろなあと思ってたんで、あえて馬を作ったところですかね」

「見事な馬でしたね」

「ありがとうございます」

「ちなみにあの馬に名前をつけるとすれば、どんな名前をつけますか？」

「うーん。難しい質問ですねえ……。そうですね。埴輪ですからねえ。じゃあ『ハニマル』ですかね」

「ハニマル！　いいお名前ですね。ところで、ライバルはいましたか？」

「やっぱり渡来人ですかね」

「渡来人というのは、大陸から土木や織物などを伝えた人たちですよね？」

「そうです。やっぱりあいつらの技術は相当でしたからねえ。でも、こっちも生き埋めになるかどうかがかかっていましたから、必死でしたね。しょうもない埴輪を作って、やっぱりおまえら生き埋めにしようって言われてもかなわないので」

「なるほど。ところで、自分の埴輪はどこに飾られたいですか？」

「そうですね。円墳とか方墳とかいろいろありますけど、前方後円墳がいちばんカッコいいですよね。今回の大仙古墳も、まだ造ってる途中で分からないですけど、そんなような形になりそうじゃないですか？」

「大仙古墳が前方後円墳だったらいいですね」

「そうですね」

「ありがとうございました」

「ありがとうございました」

よく分からない大会が閉会したので、次の時代に向かうことにした。

ベスト冠ニストにおかんむり

僕は、次の時代の超有名人である聖徳太子《しょうとくたいし》さん（10人の話を同時に聞ける人。ただし、それくらい賢いと言われているたとえであり、本当に10人同時に話したら、聖徳太子さんにとても失礼）が生まれたと言われている馬小屋の横にタイムマシーンをつけた。

するると、古墳時代同様、ここでも変な大会が行われていた。

冠をかぶっている大勢の人だかりの中で、司会者らしき人物が叫んだ。

「ベスト冠ニストはこの方です！　おめでとうございます」

「やっぱり冠が似合いますね」

「ありがとうございます。聖徳太子さんが冠位十二階《かんいじゅうにかい》（地位によって、冠の色を12色に分ける制度。色を見れば、一目でどの地位か分かる。コックさんの帽子の高さで地位が分かるみたいな感じ）を発表した時から狙っていましたから」

「と言いますと？」

「今までの制度は、『氏姓制度』で、家柄や生まれで地位が決まっていたじゃないですか。それが、聖徳太子さんが馬小屋で生まれたと聞いた時に、これは時代が変わるな、実力勝負になるなって思ったんですよ。なんせ自分の生まれが馬小屋ですから期待しますよね。あ、これは失礼。ベスト冠ニストに選ばれた秘訣《ひけつ》ですよね？

他のみなさんは、冠の色と服の色を合わせてきたんですけど、あえて服の色を冠の色と合わないようにして、冠の色を際立たせたのが良かったんだと思います」

「なるほど」

「それにしても、聖徳太子さんが、推古《すいこ》天皇の摂政《せっしょう》（女性や子供が天皇になった時に、天皇を補佐するえらいさん）にまでなるとは思ってませんでしたよね」

「推古天皇は女性ですからね。誰も、女性が天皇になるとは思ってませんでしたから。ちなみに、聖徳太子さんの『十七条の憲法』（17個の決まりごと。特にこれといった決まりではなく精神論。トイレの前に貼ってある格言みたいな感じ）は、もう読まれましたか？」

「もちろん。《和をもって貴しとなす》ですよね？

　今回の審査委員長は聖徳太子さんなんで、好みも調べましたし、聖徳太子さんが建てられた法隆寺《ほうりゅうじ》にも遊びに行きましたよ。誰がいちばん上手《うま》い仏師かを決める『ホリワングランプリ』で優勝したクラックリノトリ（鞍作鳥）さんが作った、法隆寺金堂釈迦三尊像も、飛鳥寺《あすかでら》釈迦如来《にょらい》像も、見せてもらいましたよ」

「副賞が、ペアで数ケ月の隋《ずい》旅行ですが、誰と行かれますか？」

「本当は彼女と行きたいのですが、今彼女がいないので、親友の小野妹子《おののいもこ》（「妹子やけど男の人やん」と、難しい日本史の授業で少しの安らぎを与えてくれた人物。遣隋使で有名。小野小町《こまち》さんの祖先）と行きたいと思います」

「隋の煬帝《ようだい》さんに手紙を渡す任務もありますが……」

「ああ、それは小野妹子に任せますわ。なんせ僕が連れていってあげるんですから」

「分かりました。今日はありがとうございました」


数日後、土砂降りの雨の中、船の上にはベスト冠ニストと小野妹子さんがいた。

この時代の航海は、海図も無ければ、コンパスも無く、命がけで大変なはずなのに、まるで二人は男女のカップルのようにじゃれ合っていた。よっぽどこの旅行を楽しみにしていたに違いなかった。

二人の会話が聞こえてきた。

小野妹子さん「いい冠ですね。ちょっと見せてもらっていいですか？」
ベスト冠ニスト「いいですよ。どうぞ」
小野妹子さん「いいですね。こんないい冠なんですから、賞とか取ってるんじゃないですか？」

ベスト冠ニスト「やっぱり分かりますか？　実は先日、ベスト冠ニストを頂きまして」

小野妹子さん「道理で。……あ」

ベスト冠ニスト「ちょっとやめろや（笑）」

二人「（爆笑）」

二人は「冠を褒めると見せかけて海に投げようとするノリ」を、かれこれ10回は繰り返していた。とんでもなく浮かれていた。

僕はその浮かれ方を見て、まだこの二人は、聖徳太子さんから隋の煬帝さんに渡すように頼まれた手紙の内容を知らないのだと確信した。

——確実に怒られる内容なのに。

というのも、この当時の隋は、「隋は世界の中心あるよ」と考えていた。簡単に言うと、「隋が上で隋以外の国は下あるよ」という考え方だった。

つまり隋の煬帝からすれば、日本から《これからもよろしくお願いしますね》の使いが来ると思っていたのだ。

しかし聖徳太子さんは、《これからは対等の外交を要求する》という内容の手紙を、小野妹子さんに届けさせようとしていたのだ。

僕はいたたまれなくなり、その場を立ち去った。

……まだ二人はノリを続けていた。


数ケ月後、僕はまた船の上にいた。二人が無事に帰ってこられたのかどうか心配になったのだ。

隋からの帰りの船上に、二人がいた。

ただし、行きとは雰囲気がまったく違っていた。

小野妹子さんが、甲板に置いた冠の上に座っていた。その前で、冠をかぶっていないベスト冠ニストが土下座をしていた。

小野妹子さんが叫んだ。

「大人なってからあんなに怒られることある？　なあ？　ある？　何言ってるか分からん言葉で怒られる経験ある？　俺が怒られてた時、何してた？　なあ？　中華食べてたん？　なあ？　中華食べてたん？」

鬼の形相の小野妹子さん。

「この手紙は、聖徳太子さんに、おまえから渡せよ！　俺、怒られるのもう嫌やからな！」

僕は、ベスト冠ニストが可哀そうになり、小野妹子さんに話しかけた。

「すみません。もしよかったら、僕がその手紙を聖徳太子さんに渡しましょうか？」

こうして僕は、隋の煬帝が聖徳太子さんにあてた手紙を受け取った。

タイムマシーンに乗り込み、手紙を読んだ。とても聖徳太子さんに渡せるような内容ではなかった。

僕はその手紙をびりびり破り捨てた（歴史上は小野妹子さんがワザと失《な》くしたと言われている）。

そこに書いてあったのは、《裴世清《はいせいせい》さん（難しい名前の隋の人。特に覚えなくてもよい）を使いに送るから、待っとけよ》的な内容だった。

次は、時代を劇的に変えた二人に会いに行くことにした。

その前に、現代で宇治原に半紙を買いに行かせよう。

笑いが1つもない前説

645年といえば、教科書によく出てくる年号だ。ここにタイムマシーンを設定し、今の大阪の辺りに降りてみると、なにやら人だかりが出来ていた。

聖徳太子さんの死後、蘇我《そが》一族が力を持ち始めていた。

一族はかなり調子に乗っていたので、周りに嫌われていた。

その蘇我一族を倒し、大化《たいか》の改新《かいしん》と呼ばれる改革を645年から行ったのが、中大《なかのおお》兄皇子《えのおうじ》さんと中臣鎌足《なかとみのかまたり》さんの二人だ。

大勢の人の前で二人がしゃべり出した。

皇子「どうも中大兄皇子です」
鎌足「どうも中臣鎌足です」
皇子「二人合わせて」

皇子・鎌足「大化の改新でーす！」
皇子「今日もいっぱい笑ってくださいね！」
鎌足「お願いしまーす」
皇子「まあついさっき蘇我入鹿《いるか》（蘇我一族でいちばん調子に乗ってた人）の家に火をつけたとこなんですけど」
鎌足「笑いにくいわ！」
皇子「おまえは何してたん？」
鎌足「そら決まってるやんけ」
皇子「なんやねん？」
鎌足「蘇我蝦夷《えみし》（入鹿のお父さん）の家に火をつけてきたとこなんですけど」
皇子「おまえも怖いわ！」
鎌足「まあ、他人の家を燃やしといて言うのもあれなんですが、僕は売れたらやっぱり家が欲しいな」
皇子「欲しいなあ。どんな家欲しい？」
鎌足「僕もう決めてんねん」

皇子「早いなあ。売れる気満々やん。どんな家？」
鎌足「玄関入るとすぐに長細い廊下があんねん」
皇子「なるほど」
鎌足「ほんでリビングが円形になっててんねん」
皇子「はい。はい」
鎌足「そのリビングの周りに自分の好きな埴輪《はにわ》を並べようと思ってるんですけど」
皇子「おまえそれ前方後円墳やないか！」
鎌足「え？　そういう形、あんの？」
皇子「あるっていうか、昔あったよ。おまえ、しかもそれ、お墓やで」
鎌足「そうなんや。それはあかんなあ」
皇子「そうやで」
鎌足「皇子は、欲しい家のイメージとかないの？」
皇子「おれは家にはあんまり興味ないからなあ。質素な家でいいわ」
鎌足「質素ってどんなん？」
皇子「地面に穴掘ってるだけでいいわ。そこに住むわ」

鎌足「竪穴《たてあな》式住居やないかい！」
皇子「そういうの、あるんかいな？」
鎌足「あるよ。しかもめっちゃ古いがな」
皇子と鎌足さんが爆笑している。
皇子「はい。冗談はこれくらいにしておいて。それでは新しい時代のお話に入る前に、みなさんに3つお願いごとがあります」

二人の顔つきが変わった。

鎌足「まず1つ目。これからみなさんが立っている〝地面〟も〝みなさん自身〟も、全部僕たちのものになりますから」
皇子「そうですよ。これには《公地公民》って名付けたんですけどね」
鎌足「ただ僕たちもオニじゃないので、土地をお貸しします」
皇子「やさしいでしょ？」
鎌足「6歳以上の男子には口分田《くぶんでん》を1つ、女子にはその3分の2をお貸しします」

皇子「《口分田》って分かりますか？　田んぼのことですよ」
鎌足「この、口分田をお貸ししますっていう法律には、《班田収授法《はんでんしゅうじゅのほう》》って名付けたんですけどね。死ぬまでお貸ししますから」
皇子「あ、でも、死んだら返してくださいね」
鎌足「2つ目。税も納めてくださいね！　いろいろ種類がありますからね」
皇子「じゃあ税の名前を大きな声で叫びましょうか。まず、租《そ》！」
鎌足「せーの、そ！」
皇子「声が小さい！　あんたらが納める税ですよ！」
鎌足「貸した土地で、みなさん、どうせ米作るでしょ？　ねえ、米しか作るもんないでしょ？　だから、出来た米の3パーセントちょうだいね」
皇子「次に、庸《よう》！」
鎌足「せーの、よう！」
皇子「いいよ！　声出てきたよ！」
鎌足「これは、まあ、僕らが住む都で、建物とかいろいろ建てますから、手伝いに来てねってことですから」

皇子「最後に、調《ちょう》！」
鎌足「せーの、ちょう！」
皇子「あなた達が住むところの〝美味しいもの〟とか〝いいもの〟ちょうだいね」
鎌足「税については以上です。はい、では『3つのお願いごと』の最後です。我々が治めやすいように、国を区切りまーす！」
皇子「これは《国郡里制《こくぐんり》》っていうからね。覚えてね。国司《こくし》さんとか郡司《ぐんじ》さんっていう位の部下を配置するから、みなさん、彼らの言うことをよく聞いてね」
鎌足「はい。それでは今から新しい時代が始まりますんで」
皇子「中大兄皇子と」
鎌足「中臣鎌足で」
皇子・鎌足「大化の改新でした！」
　1つも笑いが起きない、前説らしき話が終わった。
僕は人だかりをかき分け、汗だくの二人に会いに行った。
二人に会うのは怖かったが、この時代に来た目的をどうしても達成しておきたかった。

「すみません。大化の改新さんですよね。ファンなんです。これにサインしてもらえませんか？」

僕は半紙と筆を渡した。

この時代は、日本で初めて年号が誕生した時代だった。その初めての年号が「大化」だった。

今の時代は、天皇が即位して亡くなるまで年号は変わらないが、この時代は何かいいことや、悪いことがあると、すぐに年号を変えた。

その貴重な最初の年号が「大化」だ。平成になった時に小渕《おぶち》官房長官（当時）が手に持っていた「平成」の2文字のような、あんなのが欲しかった。

ただ、1つ問題があった。

僕は恐る恐る言った。

「あ……大化だけでいいです」

年号は《大化》なので、それだけのが欲しかったのだ。

鎌足さんが言った。

「え？　《改新》は？」

そりゃそうだ。ロザンというコンビ名なのに、「ロ」だけ書いてくれと言われたのと同じだ。

「じゃあ、こっちの紙に《改新》って、皇子さん書いてもらえますか？」

最低なお願いをした。

機嫌を取るために、僕は《改新》と書いてくれている皇子さんに話しかけた。

「さっきの聞いてましたけど、いい法律ですね」

《645年》と、年数まで入れてくれた皇子さんが答えてくれた。

「そうでしょ？　唐《とう》の法律を真似したんですよ」

中大兄皇子さんがこの先、唐に苦しめられることになるとは、まだ本人も知るよしも無かった。

朝鮮半島にある百済《くだら》と仲の良かった日本は、百済があった場所を取りかえすために（その頃には百済は、新羅《しらぎ》と唐によって滅ぼされていたので）戦争になる。当然ながら、日本は唐と新羅と戦うことになり、負けるのだ。

それが、663年の《白村江《はくそんこう》の戦い》である。

これに負けたので、中大兄皇子さんは唐にビビった。中大兄皇子さんはこのあと、「天智天皇《てんじ》」になるが、死ぬまで唐にビビってたらしい。

天智天皇は、それで、まず都を大阪から滋賀に移した。

少しでも唐から離れたかったのだ。

大宰府《だざいふ》に《水城《みずき》》という堀を造ったり、《山城》を造ったり、防人《さきもり》と言われる筋肉ムキムキであろう警備も置いた。そして、唐にビビりながら死んでいった。

僕も、ビビりながらタイムマシーンに乗り込んだ。


中大兄皇子さんには、弟の大海人皇子《おおあまのみこ》と、息子の大友皇子《おおとものおうじ》がいる。この二人の戦いが《壬申《じんしん》の乱》だ。

つまり「次のえらいさんを誰にする？」の戦いだったのだが、これに勝利したのは弟の大海人皇子だった。大海人皇子は天武《てんむ》天皇となって、飛鳥浄御原宮《あすかのきよみはらのみや》に都を移し、飛鳥浄御原令を制定して《日本最初の法律》とした。

そんな骨肉の争いはさておき、僕が会いたい人物は決まっていた。

タイムマシーンは、〝その男〟の前に降り立った。708（和銅《わどう》元）年頃だ。

男は、たくさんの鍛冶《かじ》職人を前に、自分の気持ちを熱心に伝えていた。

「いいですか。これがあれば、物々交換しなくても自分の欲しいものが買えるんですよ！　今までの苦労を考えてください。重い米を担いで、野菜と交換しに行ったでしょ？　ところが、《和同開珎《わどうかいちん》》と僕が名付けたこの貨幣を使えば、そんな手間は無くなるんです。米を運ばなくてよくなるのですよ。この和同開珎を握りしめて持っていけば大丈夫です。歴史が変わる瞬間なのです」

鍛冶職人たちも、男の話に熱心に耳を傾けているようだった。

「いいですか、みなさん。造り方も工夫してください。〝偽貨幣〟が出来るかも知れないので、貨幣にはしっかりと和同開珎と刻んでおいてくださいね。それではみなさんよろしくお願いします」

男の話が終わると、鍛冶職人は一斉に自分たちの職場に散っていった。

自分の話で興奮した、汗だくの〝その男〟に、僕は話しかけた。

「すみません。日本で2番目に貨幣を造られた方ですよね？」

男は手ぬぐいで汗をぬぐいながら答えた。

「そうですよ……って、え!?　2番目？　いやいやいや、1番目ですよ。何を言ってるんですか、あなたは！」

僕は「富本銭《ふほんせん》」をポケットから取り出した。この時代に来る前に、宇治原に《改新》と書かれた半紙を売り、手に入れた貨幣だ。

1998年までは、《和同開珎》が日本最初の貨幣だと信じられてきたが、それよりも前に持統《じとう》天皇が《富本銭》という貨幣を造っていたことが、最近になって分かったのだ。（宇治原談）

ちなみに、僕が教科書で習った日本最古の貨幣は和同開珎だったので、僕は和同開珎の方に、富本銭よりも愛着があった。

男の汗が冷や汗に変わるのが、分かった。

僕の手もとの富本銭を見た男が僕に質問をした。

「その穴はなんですかね？」

僕は答えた。

「たぶん、紐《ひも》を通して持ち運びが出来るようにしたのと違いますかね？」

男がすぐに大声をあげた。

「みなさーん！　貨幣を造る時は、真ん中に穴を開けてくださーい。なんと、持ち運びも便利になりまーす」

——偽金造りの風景を見た気分になった。

さあ、これから「土地は誰のものですか？」の争いが始まる。

せんとくんの背中みたいに綺麗な都

710年代にタイムマシーンを合わせると、万葉集の中で、小野老《おののおゆ》さんがめちゃめちゃ綺麗《きれい》だと褒めていた平城京に着いた。

小野さんの言っていたとおりだった。

めちゃめちゃ綺麗だ。

どれくらい綺麗かというと、奈良県のゆるキャラのせんとくんの背中くらい綺麗だった。教科書では、平城京は唐《とう》の都の長安《ちょうあん》をモデルにしていると習ったのだが、せんとくんの背中は、平城京をモデルにしているに違いないと思った。

平城京といえば、やっぱり《なんと素敵な平城京》だ。

いや《なんと素敵なせんとくん》だ。

僕はそんな綺麗な都を造った元明《げんめい》天皇に会いに行くことにした。歴史を習った現代人の代表として、お礼が言いたかったからだ。

元明天皇に会うと、開口一番に僕は言った。

「710年に都を造ってくれてありがとうございました！」

困惑する元明天皇に僕は伝えた。710年に都を造ってくれたおかげで、現代の学生は《なんと（＝710）素敵な平城京》と年号を覚えていて、しかもめっちゃ覚えやすいことを伝えた。

すると元明天皇は、素朴な疑問を僕にぶつけた。

「〝なんと〟の覚え方は分かったけど、〝平城京〟はどうやって覚えるの？」

「え？」

「710年は〝なんと〟で覚えるんでしょ？　〝平城京〟はどうやって覚えたの？」

「いや、自然に……覚えました」

確かにそうなのだ。

平城京を覚えることで大事なのは、次の７９４年に京都に造られた都の「平安京」と間違えないことなのだ。確かに、もし《なんと素敵な平安京》で覚えてしまったら、根本的に大間違いだ。

「でも、あなたの時代の人は賢いのねえ。いろいろ覚えて、稗田阿礼《ひえだのあれ》さんみたいね」

と元明天皇が言った。

稗田阿礼さんは、一度聞いたことは絶対に忘れない天才だったようで、太安万侶《おおのやすまろ》さんと組んで、『古事記《こじき》』を書いた人物だと言われている。阿礼さんが覚えていることをしゃべり、それを書きとめる書記の役割が、太安万侶さんだ。

『古事記』は、舎人親王《とねりしんのう》さん（天武《てんむ》天皇の息子さん）が中心になって書いた『日本書紀』と並ぶ、その当時の二大歴史書だ。

さて、せんとくんの背中のモデルにしたであろう平城京を見たあとは、せんとくんのモデルになった東大寺の大仏を見に行くことにした。

聖武《しょうむ》天皇は、国に元気が無い時の神頼みで国分寺や国分尼寺を建立《こんりゅう》した人物だが、その極めつけとして建てたのが東大寺だった。

東大寺に着くと、テキパキと指示を出しているお坊さんがいた。行基《ぎょうき》さん（庶民のために教えを説いたチョー善いお坊さん）だ。ガリガリに痩せている農民たちが、その指示に従っていた。みんな全国各地から、何をするか分からず呼ばれていた。

山上憶良《やまのうえのおくら》さんが書いた「貧窮問答歌《びんぐうもんどうか》」（テンション下がる歌）に貧乏な農民が出てくるが、まさにそのイメージどおりだった。

この時代の農民は、貧乏で大変なのに、それでも、「はよ。田んぼ耕せや」と言われていた。人口が増える一方なのに、耕している田んぼが増えていないからだった。でも、自分の土地になるわけでもないのに、必死で耕すわけがない。おそらく、僕の先祖もちゃんとしなかっただろう。

そこで政府が「新しい田んぼを耕したら、3世代は田んぼ貸してあげるから」という法律の《三世一身法《さんぜいっしんのほう》》や、「もうずっと貸してあげるから！」という《墾田永年私財法《こんでんえいねんしざいほう》》を作ったりしたが、やっぱり貧乏丸出しだった。

結局、この決まりごとにより、次の時代から「土地は誰のものですか？」の争いが生まれることになる。

次の時代に行こうかな?——と思っていたところで僕は、会いたい人物がいたのを思い出した。

その人物は、会ってみると、なんの特徴もない顔つきをしていた。

僕は男に話しかけた。

「すみません。あなたは遣唐使《けんとうし》として派遣されたのにもかかわらず、僕たちの現代でまったく無名な方ですよね?」

「現代って僕に言われてもアレですが……どうも」

「失礼ですがお名前は?」

「安麻呂です」

「ごめんなさい。やっぱりまったく聞いたことないです」

「やっぱりそうですか。まあしょうがないですけどね」

「と言いますと?」

「やっぱり歴史上に名前が残るのって、いちばん初めに行った人物とか、何か大きなことを成し遂げた人物とか、ものすごく苦労して行った人物とかじゃないですか。まず、僕初めに行った人ではないですし」

「そうですね。初めに行ったのは犬上御田鍬《いぬかみのみたすき》さんでしたよね」

「僕、たぶん5回目か6回目に行ったと思うんですよ」

「ああ残念！　いちばんどうでもいい時ですよね。印象に残りにくい……」

「そうなんですよ。それに、なんにも成し遂げてないですからねえ。行って飯食って帰ってきただけですから」

「阿倍仲麻呂《あべのなかまろ》さんをご存じです？」

「あれでしょ？　遣唐使で海を渡ってそのまま唐で役人になった人でしょ？　すごいですよね」

「そうですよ。彼の詠んだ歌も有名ですからね」

「《天の原　ふりさけ見れば　春日なる　三笠の山に　出でし月かも》ですよね」

「そうです。現代の小学生でも知ってるくらい有名ですから」

「僕も、なんか詠んだらよかったですかね？」

「そうかも知れませんね。さっそく何か、その当時の思い出を詠んでみますか？」

「え？　いいんですか？」

「はい。どうぞ。現代で広めてみます」

「えー。んー。やっぱ思いつかないです」

「……分かりました」

「すみませんねえ。特に船が揺れたとかも無かったですし、船酔いも無かったですし……」

「その点、鑑真《がんじん》さんはすごかったですからねえ」

「鑑真さん？」

「はい。唐からわざわざ日本に仏教の教えを伝えに来てくれたお坊さんですよ。何回も失敗するんですけど、6回くらい挑戦して来てくれたんですよ」

「……なんかすみません」

「鑑真さんが建てた唐招提寺《とうしょうだいじ》には、鑑真さんの肖像が祀《まつ》られてますが、その像は今では国宝に指定されてるんですよ」

「そうなんですか。ちなみに僕のは？」

「もちろん無いですよ」

　これ以上話しても可哀そうなので、次の時代に向かうことにした。

　さあ、「土地」は誰のものになっているのだろうか？

鳴くよウグイス平安京

794年に到着し、僕は高野山《こうやさん》の金剛峯寺《こんごうぶじ》に向かって歩いていた。

真言宗を開いた空海《くうかい》さんに会うためだ。

空海さんは遣唐使《けんとうし》で、日本から唐に留学しに行った偉いお坊さんだ。最澄《さいちょう》さんと並んで有名だ。ちなみに最澄さんは天台宗を開いたお坊さんで、比叡山《ひえいざん》に延暦寺《えんりゃくじ》を建てて修行した。

僕はこの二人を、学生の時に「てんさい・しんくう」と覚えた。

僕が空海さんにすごく会いたかった理由は、とんでもなく字が綺麗《きれい》だと言われていた空海さんに、実際に文字を書いて欲しかったからだ。

金剛峯寺までの山道を歩きながら、僕は何を書いてもらうかを考えた。せっかくなので、この時代ならではのことを書いて欲しかった。

まず初めに思いついたのは「健児《こんでい》」だ。

健児とは、平安京を造った桓武《かんむ》天皇の作った決まりごとだ。「どんな農民でも、戦いがあれば駆けつけなければなりません！」という徴兵制を廃止して、「農民はそんなに強くないし、貴族の子供達の中でなかなか強いやつもいるから、そいつらを集めて戦おう！」という決まりごとを作ったのだが、それが「健児」だ。

でも、よくよく考えたら「健児」になんの思い入れも無いので、書いてもらうのはやめることにした。

「健児」と書いた紙を家に貼っていたら、男の子が生まれて、そう命名したと思われるだろう。子供もまだいないのに。

次に思いついたのは「勘解由使《かげゆし》」だった。

勘解由使とは、「国司《こくし》」など、国の行政官として中央から地方に派遣された役人が、隠れて変なことをしないかを見張る警察のような役割だった。

でも、よくよく考えたら「勘解由使」にもなんの思い入れも無いので、これもやめることにした。

そして最後に思いついたのは「蝦夷《えみし》討伐」だった。

これこそ、この時代の一大イベントだ。桓武天皇が、坂上田村麻呂《さかのうえのたむらまろ》さんを征夷大将《せいいたいしょう》軍《ぐん》に任命して「蝦夷討伐」を行ったのだ。

およそ今の東北地方辺りが、当時「蝦夷」と呼ばれており、そこを仕切っていたのがアテルイさんだ。アテルイさんを倒して支配下に収めようとしたのが「蝦夷討伐」だ。

でもよくよく考えたら、「蝦夷討伐」と書いてある紙を貼った部屋は気持ち悪いし、東北地方出身の人を呼ぶことが出来なくなるし、よくよく考えたら「蝦夷討伐」にもなんの思い入れも無いので、これまたやめることにした。

いろいろ考えたが、「菅」にすることにした。

「いや！　菅にするんかいな！」

おきにいった自分を恥じた。

金剛峯寺に到着すると、さっそく空海さんにお願いして、「菅」の文字を書いてもらうことにした。

空海さんが嬉しそうに言った。

「えー、僕でいいんですか？　天台宗の最澄さんがいるのに、僕が書くんでいいんですか？」

僕は、空海さんの字がとんでもなく上手いことは、現代でも有名であると伝えた。

　すると空海さんは、またもや嬉しそうに僕に言った。

「えー、そうなんですか？　天台宗の最澄さんも、僕から見たら、すごい字が上手いように思いますけど、そうなんですか？　僕の方が上手いんですか。へえー。え？もう1回言ってもらっていいですか？　誰の字が、誰よりも上手いんですか？」

　天台宗の最澄さんにライバル心を持っているのがバレバレだった。

　空海さんは、半紙に丁寧に、流れるような筆さばきで書いてくれた。見せてもらうと、やはりとんでもなく字が上手かった。〝日ペンの美子ちゃん〟と同じくらい、字が上手かった。

　ただし、そこに書かれていた文字は、「菅」ではなく、「管」になっていた。草冠ではなく、竹冠になっていた。

　現代でもよくされる間違いを、空海さんにもされた。

《弘法《こうぼう》にも筆の誤り》を、リアルに見てしまった。

　僕はあらためて、ひらがなで「すが」と書いてもらおうかと思ったが、この時代はまだひらがなが無いことを思い出して、やめておいた。

　僕はお礼を言うと、間違った名前の半紙を抱えて山を下りた。

とにした。

＊

「ひらがな」が出来るきっかけを作った人物に会いに、同じ時代の大宰府《だざいふ》まで行くことにした。

この当時の大宰府（福岡にある）は、まだお世辞にも都会とは言えない。

目的の人物は、小舟の上にいた。島流しされてる最中だった。

「あの……、菅原道真《すがわらのみちざね》さんですよね？」

目を開いたまま小舟の上で横になってる男に話しかけた。

「あ⁉」

めちゃめちゃキレられた。すこぶる機嫌が悪かった。

菅原道真さんはめちゃめちゃ頭が良く、現代では学問の神様なんて言われているが、平安時代ではただの九州のチンピラやん（笑）、と思った。

菅原道真さんは僕の大好きな人物だ。

というのは、僕の名前が菅だからだ。子供の時によく、「俺の先祖は菅原道真やねん」と嘘《うそ》をついていたのを思い出した。

　また、宇治原が数年前、道真さんを祀《まつ》っている太宰府天満宮《てんまんぐう》に正月にお参りに行った時に「参拝に来ていた受験生がパニックになった」と嘘をついていたのを思い出した。パニックの理由は〝平安の学問の神様〟と〝平成の学問の神様〟が揃《そろ》ったというものだった。

　僕は勇気を振り絞り、もう一度道真さんに話しかけた。

「なんで遣唐使を廃止されたんですか？」

　質問が終わるやいなや、道真さんがまくし立てた。

「あかんの？　え？　なんなん？　あかんの？　なあ？　あかんの？」

　めちゃめちゃキレていた。

「この船もめっちゃ揺れるやろ？　なあ？　危ないやろ？　なあ？　これで唐まで行けるか？　なあ？　行けるか？」

　怖い。本当に怖い。

　僕は中学生の時にカツアゲされそうになったのを思い出した。その時、怖いお兄さんは、『北斗の拳』のオープニング曲を歌いながら殴ってきた。おじいちゃんに言われたとおり、お金を靴の中に隠しておいてよかったと思った。

そんなチンピラ風情の菅原道真さんは、家柄が良くもないのに、宇多《うだ》天皇から「自分、家柄そんなんやのに、めっちゃ賢いやん！」と気に入られ、右大臣にまでのし上がった人物だった。

それが、今まで政局の中心にいた藤原《ふじわら》一族の逆鱗《げきりん》に触れたのだ。藤原時平《ときひら》さんの陰謀で、何も悪いことをしていないのに、島流しになってしまった。

道真さんがキレるのも分かる気がした。

唐突に、道真さんが僕に言った。

「歌詠むから聞いといて」

「はい？」

「今の気持ちを詠むから聞いといてくれって言うとんねん！」

これ以上キレられても嫌なので、聞くことにした。

「東風《こち》吹かば　にほひおこせよ　梅の花　あるじなしとて　春な忘れそ」

「……すみません。どういう意味ですか？」

「……分かるやろがい！」

「すみません。僕らの時代では、そんな歌詠まないので」

「……春になったら、梅の花の匂いをこっちまで運んでくれ、言うとんねん」

「……なるほど」

「……なんやねん、その反応！　なるほどっていちばんあかん反応やん。いちばん興味無い時の反応やん！」

「すみません」

「じゃあ、自分は、どんな歌、歌うねん」

「……ミスチルとか」

「……ミスチル？」

「あ、ミスターチルドレンの略です」

「……なるほど」

「……はい」

僕はその場から立ち去った。

道真さんが遣唐使を廃止したおかげで新たな文化が生まれた。僕はそれを見に行くことにした。

＊

遣唐使が廃止されたことにより、漢字など唐（中国）の文化が入ってこなくなった。入ってこなくなったら、どうなったのか？

自分たちで作ったのだ。

それにより出来たのが、《国風文化》だった。

それまでは漢字だけしかなかったのだが、「ひらがな」が生まれた。空海さんが書けなかった「ひらがな」だ。

ひらがなの登場により、紀貫之《きのつらゆき》さんの『古今和歌集』や『土佐日記』。紫式部《むらさきしきぶ》さんの『源氏物語』。清少納言《せいしょうなごん》さんの『枕草子』などの作品が生まれた。

建物も変わった。

建物同士を廊下でつないだ、《寝殿造《しんでんづくり》》と言われる建築法が人気だった。藤原頼通《よりみち》さんが建てた平等院鳳凰堂《びょうどういんほうおうどう》や、奥州藤原氏が建てた中尊寺金色堂《ちゅうそんじこんじきどう》などが有名だ。現代では、修学旅行でよく行くところだ（修学旅行の時は面白くないが、大人になってから行くと楽しい建物）。

さっそくなじみのある人物に会いに行くことにした。

その人物は、阿弥陀像《あみだぞう》の前で、必死に念仏を唱えていた。僕は念仏を唱える声に負けないように、大きな声で話しかけた。

「藤原頼通さんですよね？」

振り返ると、頼通さんが叫んだ。

「話しかけんなや！　極楽浄土行かれへんようになるやろ！　お父さんに言いつけたるからな！」

僕は直前に、とんでもなくキレていた道真さんを見ているので、頼通さんはちっとも怖くなかった。

藤原頼通さんは熱心な浄土教信者だった。

浄土教とは、簡単に言えば「阿弥陀仏さんの教えを信じていれば、極楽浄土に行ける」という教えだ。逆に、「信じていなければ、極楽浄土に行けませんよ」という教えだ。

その教えを守るために、藤原頼通さんは平等院鳳凰堂に阿弥陀堂を建てて、毎日念仏を唱えた。

ちなみに、頼通さんのお父さんは藤原道長《みちなが》さんだ。

僕は「現代の10円玉のデザインになってますよ」と頼通さんに伝えた。

「え！　僕がお金のデザインになってるの？　まじで？　顔だけ？　全身？　お父さん、お父さん、僕すごいことになってるよ！」

何か悪いことした気持ちになった。ごめんよ。頼通さん。勘違いさせてしまったね。あなたじゃなくてあなたが建てた建物がデザインになっているんだよ。

10円玉の表のデザインは、平等院鳳凰堂だ。

もし人物がお金のデザインになるとしたら、頼通さんではなくお父さんの道長さんだと僕は思った。道長さんは、娘をいっぱい天皇に嫁がせ、《摂関政治《せっかん》》で権力をふるった人物だ。天皇の代わりに政治を行う《摂関政治》で一世を風靡《ふうび》した藤原氏の中でも、いちばん権力を持ったのが道長さんだ。

それも、初めて太政大臣《だいじょうだいじん》（めっちゃえらいさん）になった藤原良房《よしふさ》さんや、初めて関白《かんぱく》になった基経《もとつね》さんとは違って、太政大臣にも関白にもならずに実権を握ったのだ。

「この世をば　我が世とぞ思ふ　望月の　欠けたることも　なしと思へば」という歌を詠んだことでも有名だ。

この歌は《満月で月が欠けたところが無いように、この世は全部俺のものだぜ！やったぜ！》という内容だ。

月見でもした時に、酔っ払った勢いで詠んだ歌じゃないだろうか。

次の日の朝、二日酔いで後悔したに違いない。

道長さんの腰ぎんちゃく「道長さん、昨日の歌良かったですね」
道長さん「え？　なんのこと？」
道長さんの腰ぎんちゃく「月の歌ですよ！　感動しましたわ。そうですよね。今やこの世は全て道長さんのものですよね」
道長さん「……お、おう」

そんな会話を交わしながら、顔を真っ赤にして寝殿造の部屋に戻っていったことくらいは容易に想像できた。

道長さんのことを、みんながあまりにも怖がっていたらしいと授業で習ったので、腕っぷしが強い武士なのかと思っていたが、会ってみるとそうではなかった。

当時の武士とは、一言で言えば、用心棒のことだった。というのも、これは「土地」に関係する。

奈良時代の743年に定められた《墾田永年私財法《こんでんえいねんしざいほう》》により、自分で耕した土地は国に返さなくてもよくなり、永遠にその本人のものになった。しかし、国からのいろんな〝いちゃもん〟、つまり〝税払え！〟などの要求が、もちろんあった。

だから農民は、その土地を「すみませんけど、土地もらってください。収穫の何パーセントかはさしあげますから」と言って、力がある貴族に渡すことにしたのだ。

これを《寄進》といった。

わざわざ《寄進》するのにはわけがある。貴族が持ってる土地《荘園《しょうえん》》は、税を払わなくていいですよ、とか、役人が勝手に入ったりしたらダメですよ、という決まり《不輸・不入の権》があったからだ。

ただ、そのルールも現代の法律のように絶対に守らなければならないことではなかったので、腕力で土地を奪い取ろうとする輩《やから》が現れ始めた。

その腕力に抵抗する用心棒が現れた。

そう。武士だ。

さっそく僕は、少し前の武士の戦いを見に行くことにした。

＊

会いたかった人物は、部下を怒鳴りつけていた。

「だから新皇《しんのう》って呼べって言ってるじゃん」

「すみません、平　将門《たいらのまさかど》様！」

「だから、新皇って呼べって。昨日から新皇って名乗るって言っただろ？」

「すみません、平新皇様！」

「〝平〟要らないんだよ。新皇だけでいいんだよ！」

「新皇」

「なんだ？」

「分かりました。……って、おまえの方が偉くなってる！」

会話はオチまでいったと思われたので、僕は新皇さんに話しかけることにした。

「新皇さんですよね？」

新皇と呼ばれて上機嫌になった将門さんが、こちらを振り向いた。

平将門さんは画期的な人物だった。朝廷に反抗して「じゃあ、新しく自分で国まとめるわ」と言って、新皇と名乗ったのだ。しかし、部下にはまだその呼び名が浸透していなかった。

「戦の準備をしろ」

僕は聞きたかったことを、新皇さんに尋ねた。

「藤原純友《すみとも》さんとはお知り合いじゃないんですか？」

実は、平将門さんと同じ時期に、九州でも藤原純友さんが国に反乱を起こしていたのだ。国からすれば、二人は仲間で、同じ時期に反乱を起こしたと思われても当然だが、実はそうではなかったとも言われていた。

ちなみに、この戦いは2つ合わせて《承平《じょうへい》・天慶《てんぎょう》の乱》と呼ばれている。

将門さんが答えてくれた。

「純友さん？　知らんな。そんなことより新皇って呼ん……」

会話の途中に部下が叫んだ。

「早く！　新皇！」

将門さんが答えた。

「はーい。……ってておまえの方が偉くなってる！」

この2つの戦いは、いずれも朝廷が勝つことになるのだが、「武士って怖っ！　あと強っ！」とえらいさんに思わすには十分な戦いだった。

こうして、武士が「土地」を奪いに行くことになるのだ。

恐れながら、清盛様

この頃の時代（11世紀半ばくらい）になると、朝廷さんや貴族さんも無視出来ないくらいに武士さんの力は強くなっていき、用心棒として武士さん達を使うようになった。

特に、源氏《げんじ》と平氏《へいし》の2つの武士団（用心棒集団）が力をつけていった。

一方、摂関《せっかん》政治をしていた藤原《ふじわら》さんの時代は終わりつつあった。頼通《よりみち》さん（10円玉の建物を造った人）の娘さんと天皇の間に、子供が出来なかったので、頼通さんは権力が弱くなり、朝廷の権力はやっと天皇に戻った。

この時のえらいさんは後三条《ごさんじょう》天皇だ。後三条天皇は、もちろんこう思った。

「二度と他のとこに権力は奪われないぞ」と。

しかし後三条天皇は、他のとこに権力を奪われないやり方を実現する前に亡くなってしまった。

そこで、後三条天皇の息子である白河《しらかわ》天皇が遺志を継ぎ、幼い堀河《ほりかわ》天皇に位をゆずって《上皇》となり、《院庁《いんのちょう》》で自分が政治をするという形を作った。これが《院政》と言われるもので、〝他のとこ〟に権力を奪われない政治の始まりだ。

現代でいえば、自分の会社の社長職を自分の息子にゆずり、自分は会長になってそのまま経営するといった形だ。

このような院政が3代続いた。

しかし、院政ならではの問題が起こった。

朝廷と院の間で争いが起こったのだ。

つまり、社長と会長が喧嘩《けんか》し始めたのだ。

このメインの戦いが、崇徳《すとく》上皇VS.後白河《ごしらかわ》天皇だ。

これはのちに、《保元《ほうげん》の乱》で、後白河天皇サイドが勝利を収める。

この戦で勝った方の味方をしていたのが、平氏の平清盛《たいらのきよもり》さんと、源氏の源　義朝《みなもとのよしとも》さんだ。この二人がぐんぐん力をつけ始めた。

ただ、お互い武士なのでこう思っていた。

「俺の方が強いで？」と。

この二人が争った戦いが１１５９年の《平治《へいじ》の乱》だ。

《平治の乱》では、その字のごとく平清盛さんが勝利した。そして、武士としては初めて、今の総理大臣に当たる《太政大臣《だいじょうだいじん》》になった。

清盛さんはどんどん勢力を伸ばし、貴族の持っていた役職まで平氏が奪い取っていった。「平家でなければ人にあらず」と言われるまで、権力を手に入れていった。

自分の地位を守りたい清盛さんは、自分の悪口を言う人物を片っ端から処分していった。

僕はその清盛さんに会いに行くことにした。

＊

清盛さんの部下らしき男が清盛さんに相談を持ちかけていた。

部下Ａ「清盛様。少しお時間よろしいでしょうか？」
清盛さん「どうした？」
部下Ａ「清盛様の悪口を言ったやつを捕まえよ、との命でしたが、どこからどこまでが悪口なのか線引きして頂きたいと思いまして」
清盛さん「どういうことじゃ」
部下Ａ「恐れながら、『これからは源氏の天下だ』と言った者がおればどういたしましょうか？」
清盛さん「は、は、は。そのようなことは決して起きん。ただ、そやつは謀反を起こす可能性がある。捕らえよ」
部下Ａ「分かりました」

清盛さん「他は？」
部下A「恐れながら、『源氏の方が家柄が良い』」
清盛さん「は、は、は。それはそうかも知れんな。ただ、今はワシの天下じゃ。捨
　てておけ」
部下A「分かりました」
清盛さん「他は？」
部下A「恐れながら、『ハゲ』」
清盛さん「……うん？　もう一度申せ」
部下A「恐れながら、『ハゲ』」
清盛さん「……これは剃っているだけで、ハゲているわけではないからな。剃らな
　ければ毛がボーボーじゃ。本当じゃ。だから捨てておけ」
部下A「分かりました」
清盛さん「他は？」
部下A「恐れながら、『友達少なそう』」
清盛さん「……友達？　ワシの地位が上がってしまったからのう。媚《こ》びてくるやつ

らばかりじゃよ。だからワシには真の友達はいないかも知れん。だから捨ておけ」
部下A「恐れながら、『昔から友達少なそう』」
清盛さん「……捕らえよ」
部下A「恐れながら、『足遅そう』」
清盛さん「……捕らえよ」
部下A「恐れながら、『日宋《にっそう》貿易ヘタ』」
清盛さん「捕らえよ」
部下A「恐れながら」
清盛さん「まだあるのか？」
部下A「恐れながら」
清盛さん「うん。逆に腹立つから、もう二度と〝恐れながら〟は言わなくてもよい」
部下A「は、畏《かしこ》まりました」
清盛さん「他は？」

部下Ａ「嫁ブス」
清盛さん「捕らえよ」
部下Ａ「松山ケンイチの方がカッコいい」
清盛さん「捕らえよ」
部下Ａ「平家ガニめちゃ怖い」
清盛さん「捕らえよ」
部下Ａ「平家みちよはモー娘。に入っていたら人生変わっていたやろな？」
清盛さん「捕らえよ。線引きはもうよい！　とにかく、ワシの文句を１つでも言ったことがあるやつは捕らえよ」
部下Ａ「恐れながら、清盛様」
清盛さん「なんじゃ。〝恐れながら〟はもう言わなくてよいと言ったであろう」
部下Ａ「私も捕らえられてしまいます」
清盛さん「……そうか」

可哀そうになった。

現代に戻ったらとりあえずテレビはパナソニックのビエラにしようと思う。

いい国ではなく、いい箱

平氏《へいし》が源《みなもとの》頼朝《よりとも》さんによって滅ぼされ、鎌倉幕府が誕生した。

今までの時代と違って、僕は少しだけ気分が楽だった。というのも、鎌倉時代ではしっかりと覚えている事柄が1つあったからだ。

鎌倉時代について覚えていることといえば決まっていた。超有名なあのフレーズだ。

《1192年　鎌倉幕府が出来る》

そう、《いい国つくろう鎌倉幕府》だ。

誰でも1回は口にしたことがあるフレーズだろう。

僕の中では《794年　平安京》《鳴くよウグイス平安京》と並んで、ゴロ合わせ界の2トップだ。

ところが、いざ1192年に向けてタイムマシーンに乗ろうとした僕に、宇治原が衝撃の事実を伝えてきた。

「鎌倉幕府出来たんは、１１９２年ちゃうねんで」

宇治原の顔を見た。

長年のつき合いだから分かる。これは嘘《うそ》をついていない時の顔だ。

というか、宇治原はしょうもない嘘をつかない人間だった。宇治原が唯一、嘘をつくのは、コンパで「奥さんおるの？」と聞かれると「おれへんよ」と答える時だけだということも僕は知っていた。

この宇治原の顔は〝持っている知識をどうしても菅にしゃべりたい〟時の顔だった。

宇治原の衝撃の告白に、僕は今までの人生を否定された気がした。子供の頃、サンタさんに「サッカーボール」をお願いしたら「サッカーボールの絵柄のメガネケース」が枕もとに置いてあった時以来の衝撃だった。

僕は、震える声で宇治原に聞いた。

「え？　ほんなら何年なん？」

宇治原が答えてくれた。

「１１８５年やで」

僕は思った。

「えーー!?　全然違うやん！　7年も違うやん！　ほんなら『いい国』ちゃうやん！　1185年？　なんやろ？　あ、『いい箱』やん！　国と箱では全然規模違うやん！　ていうか、いい箱ってなんやねん。引っ越しの時にお皿とか入れやすい便利な箱？　いい箱の定義なんて、人によって全然ちゃうわ！　ごめんやけど、今まで箱を見て、〝いい箱やなあ〟って思ったことないわ！　結局、タイムマシーンでどこ行ったらいいねん!?」

ちなみに1185年は、国ごとに守護《しゅご》・地頭《じとう》を設置した年で、1192年は頼朝さんが征夷大将軍《せいいたいしょうぐん》になった年だ。

まずは、宇治原が教えてくれた鎌倉幕府の仕組みを整理してみることから始めることにした。

僕にとって鎌倉幕府の仕組みは、吉本興業の仕組みに近いと感じた。

具体的に説明してみようと思う。

鎌倉幕府でのいちばんのえらいさんは《征夷大将軍》で、源頼朝さんだ。吉本興業でのいちばんのえらいさんは仁鶴師匠だ。

鎌倉幕府で2番目に偉い《執権《しっけん》》は、吉本興業では文枝師匠に当たる。

つまり、源頼朝さんは仁鶴師匠で、あとの北条義時《ほうじょうよしとき》さんが文枝師匠というわけだ。

自分でも話が分からなくなりそうな匂いがプンプンしてきたが、とにかく続けてみることにしよう。

鎌倉幕府に仕える《御家人《ごけにん》（武士）》は、吉本興業でいえば芸人だ。

だから、鎌倉幕府における封建制度、つまり《御恩《ごおん》と奉公《ほうこう》（鎌倉幕府のために働くと土地がもらえる）》は、吉本興業では《吉本のために働くとギャラがもらえる》と同じということだ。

ちなみに「一生懸命」の語源は、《御恩と奉公》からきている。すなわち、一所懸命（1つの土地を懸命に守る）からきているし、吉本も一度所属すると他には移れない（移ると、すごく怖いことになる）のと同じだ。

また、国ごとの武士の責任者である《守護》は、吉本における大阪や福岡の事務所のえらいさんに近い関係だ。

そうすると、荘園《しょうえん》ごとの責任者である《地頭》は、吉本における各劇場（NGKやルミネ）の支配人に当たる。

このたとえを宇治原に話そうと思ったが、見下した顔をされそうなので、やめておくことにしよう。とにかく頼朝さんに会いに行くことにした。

僕はタイムマシーンを1192年に設定し、頼朝さんを探すことにした。

タイムマシーンを1185年に設定して会いに行くことも考えたが、やはり愛着のある《いい国つくろう》にすることにしたのだ。あと、もう1つ確かめたいこともあったので、〝ある寺〟に向かうことにした。

タイムマシーンに乗り込む前に宇治原に質問した。

「……鎌倉幕府は〝いい国〟やったんやろ？」

すると宇治原が、まったく僕を見ずに冷静に答えてくれた。

「いい国かどうかは人によるやろ？　価値観や」

弁慶の泣きどころを蹴ってやろうと思ったが、とりあえずタイムマシーンに乗り込んだ。

＊

実際の頼朝さんは、僕が教科書で見た頼朝さんとはまったく違っていた。

教科書で見た頼朝さんはシュッとしていたが、実際の頼朝さんはさほどでもなかった。

僕たちが教科書で見た頼朝さんは頼朝さんではないのでは？　と言われていることを思い出した。少しでも男前に描いて欲しい気持ちは分かる気もする……。僕は宇治原のファンが描いた宇治原の似顔絵を思い出した。宇治原に全然似てなかった。

僕はさほどでもない顔の頼朝さんに話しかけた。

「なんで義経《よしつね》さんと仲が悪くなったのですか？」

義経さんの名前を聞いて、表情が曇った頼朝さんが答えてくれた。

「あいつ、今まで良くしてあげていたのに、平氏討伐を命令した後白河《ごしらかわ》法皇（以仁王《もちひとおう》のお父さん）から、こっそりいろんな地位をもらってたんだよ。俺に内緒で！　だから絶対捕まえようと思うんだ」

こうして、義経さんを捕まえるために出来たのが《守護》と言われる職だった。

可哀そうな義経さん。僕のイメージでは、弁慶さんの方が何かしでかしそうな顔してるのに。

そんなこんなで、頼朝さんは義経さんを倒し、鎌倉幕府を作った。

しかし、頼朝さんが亡くなったあとは、お決まりのことが待っていた。それは「次のえらいさん誰にするの？」だ。今の会社や組織もそうだが、次代の権力争いが起こるのは昔から同じだ。

将軍の職は頼朝さんの子供が継ぐのだが、単に子供やったから継いだだけで、力があったわけではない。当然、下の者は不満を持つだろう。

『課長島耕作』を全巻持っている僕には、簡単なことだ。藤原さんの摂関政治の時代と同じことが、繰り返されるのだ。

つまり、有能なナンバー2が現れる。

こうして、頼朝さんの妻の北条政子《まさこ》さんの親族の「北条一族」が、《執権（ナンバー2）》っていう役職に就くことになった。

これは、頼朝さんが作った鎌倉幕府が、源氏《げんじ》出身の将軍だったのは息子の頼家《よりいえ》さん・実朝《さねとも》さんまでで、あとは創業者の嫁の親族に会社を乗っ取られたということだ。

こうなると、また違う問題が出てきた。

《荘園》問題――つまり「土地は誰のものですか？」ということだ。

というのも、頼朝さんは守護・地頭を置いたが、もともとは後白河法皇に「すみません、弟を見つけたいんで、守護・地頭置いてもよいですか?」と許可をもらって置かせてもらったものなので、その土地が頼朝さんのものになったわけではない。別に朝廷が無くなったり、貴族がいなくなったわけではなかった。同じ土地の上に朝廷があって貴族もおって、幕府があって武士もいるのだから、そりゃ混乱する。それぞれで年貢や土地の取り合いになるのは当たり前だ。

ちなみに、平安京は京都だし、鎌倉幕府は鎌倉にあるので、関西の方は貴族が強く、関東の方は幕府が強かった。そして「ほんなら喧嘩《けんか》しましょうか?」ってことになる。

朝廷に権力を取り戻そうとして、後鳥羽《ごとば》上皇が起こしたのが、1221年の《承《じょう》久《きゅう》の乱》だ。

なんとこの戦で、後鳥羽上皇は、自分から喧嘩を売ったのに負けてしまう。そして勝った方の、幕府の力がより強くなった。

後鳥羽上皇のように幕府に刃向かう人物が現れないよう、幕府は京都に六波羅探題《ろくはらたんだい》を設置した。

これで幕府も安泰だと思われたが、そうではなかった。

モンゴルの帝国「元《げん》」が、海を渡って攻めてきたのだ。

そう、《元寇《げんこう》》だ。

元寇には1274年の《文永《ぶんえい》の役》と、1281年の《弘安《こうあん》の役》がある。

僕はとりあえず《弘安の役》を、タイムマシーンに乗ったまま上空から見ることにした。上空から見ると明らかなことがあった。

――元と日本では戦力が違った。

元は「てつはう」っていう、火薬を使った武器を持っていた。

その武器を使う人物は、朝青龍《あさしょうりゅう》そっくりだった。朝青龍のそっくりさんがたくさんいた。

一方、日本の軍は、御家人（武士）もいたが、ほぼ農民だった。その農民は、鍬《くわ》を持っているだけの農民だった。

勝てるわけがなかった。

また、日本と元とでは戦い方がまったく違った。

日本は一騎打ちが基本なので名乗らなければならないのだ。

御家人A「やーやー我こそは御家人Aである」

御家人Ｂ「やーやー我こそは御家人Ｂである。いざ勝負!!」
と自己紹介してから戦うのが日本の慣習だった。
しかし、元にはその慣習はなかった。
だからこうなった。
御家人Ａ「やーやー我こそは御家人Ａである」
朝青龍のそっくりさん「ドン！（てつはうの音）」
自己紹介をしている間にやられてしまうのだ。
僕は日本側にタイムマシーンを降ろし、御家人に話しかけた。
「自己紹介せずに戦った方がいいですよ」
すると御家人が、やる気なさそうに僕に言った。
「いいんですよ。どっちみち、勝っても褒美《ほうび》が無いですから」
確かにそうなのだ。
なぜなら、モンゴルは遠いからだ。
そもそも幕府に仕える御家人たちは、どうして将軍のために戦うのか？　それは、
頑張ればその分、相手から取った土地をもらえるからだった。しかし今回の場合、元

に勝っても、わざわざ海を渡って元の土地をもらいに行くというのは現実的ではない。

元寇は、「元がめちゃくちゃ強かったから、日本が負けそうになった」と言われているが、もしかしたら「あれ？　これ、もし俺らが勝っても、何ももらえんのとちゃう？　モンゴル遠くない？」と思った御家人がたくさんいてやる気が出なかったからではないだろうか。……と僕は思った。

しかも、戦うには、もちろんいろいろ揃《そろ》えないといけないからお金がかかる。

ハイリスク・ノーリターンの戦いに、御家人はテンション低めだったのだ。

そこで、幕府はどうしたかというと、《徳政令《とくせいれい》》っていう法律を作ったのだ。「今回の戦では、勝っても褒美は出せません。でも今までお金借りたことあったでしょ？　その分のお金は、もう返さなくていいですよ」という、急に考えたのが丸出しの法律だ。

しかし、借金を帳消しにしたら、御家人にお金を貸していた幕府外の人はどう思うか？

――当然こう思うようになった。

「どうせ御家人にお金を貸しても返してもらえないんだよね？　じゃあ御家人にお金貸すのはやめよう」

こうして、御家人はチョービンボーになっていくのだ。

可哀そうな御家人。

僕は、台風（神風と呼ばれる台風が来たことにより、元との戦は、日本が勝つことになる）が来る前に、タイムマシーンに乗り、次の時代に行くことにした。

とんちんかんちん一休さん

こうして、元寇《げんこう》により、鎌倉幕府はグダグダになった。それでその当時のえらいさんである朝廷サイドの後醍醐《ごだいご》天皇が「鎌倉幕府やめて自分たちで政治するから！」と言いだし、京都で新しい政治《建武《けんむ》の新政》を始めた。

ただ、後醍醐天皇は武士のことが嫌いだったので、この政治は、あまり武士にとって良しとするものではなかった。

武士は思った。

「こんな感じだったら、前の鎌倉幕府の方が良かったなあ。えらいさんが同じ武士だったし。新しい武士の幕府、出来ないかなあ？」と。

こうして「いっちょやったろかい！」となった武士の代表が足利尊氏《あしかがたかうじ》さんだ。尊氏さんは、源氏《げんじ》の血を引いている名門の出なので、他の武士も味方になった。

こうして足利尊氏さんは反乱を起こそうとしたのだが、大問題があった。

天皇に対抗するためには、幕府を開かなければならない。幕府を開くためには、天皇に「幕府開きたいの？　はい了解！」と言ってもらわないといけないからだ。

しかし、武士が大嫌いな後醍醐天皇が「幕府開きたいの？　はい了解！」と言うはずが無かった。

なんとか幕府を開きたい尊氏さんは、のちほど会う一休《いっきゅう》さん並みのトンチを働かせた。

「幕府を開くには天皇が必要なんですよね？　じゃあ違う天皇探してきますね！」

こうして、尊氏さんは、持ち前の腕力で後醍醐天皇を京都から奈良の吉野まで追い出し、光明《こうみょう》天皇を幕府を開くための後見人にした。

光明天皇サイドは良い暮らしをしていなかったので尊氏さんの戦略にすぐに乗った。

ここから、後醍醐天皇サイドと光明天皇サイドの「こちらが正統な皇位なんです」の布教活動が始まった。

この活動は60年続くことになる。

この活動に終止符を打ち、南北朝を統一した人物が現れた。

テレビアニメの『一休さん』で、一休さんに難題を吹っかけることでおなじみの、室町幕府3代将軍足利義満《よしみつ》さんだ。

義満さんは、武家としては平清盛《たいらのきよもり》さん以来の太政大臣《だいじょうだいじん》（めっちゃえらいさん）となり、室町に花の御所を建て、鹿苑寺《ろくおんじ》金閣《きんかく》（金色の寺）という別荘も造ったすごい人だ。

数ある〝色〟の中から金色を選んで、その色の建物を建てるくらいのイケイケだった。部下は内心、ドン引きだったと思う。

部下Ａ「義満さんの別荘、何色やと思う？」
部下Ｂ「え？　何色やろ？　金色？」
部下Ａ「正解！」
部下Ｂ「嘘《うそ》やん！　ボケたつもりやったのに。ほんまに？」

というような会話がなされたのではないだろうか？

そんな義満さんが継いだ室町幕府の政治は、義満さんの下に置かれた《管領《かんれい》（将軍の次にえらいさん）》という地位を中心に行われた。

ちなみに、管領や他の役職には、鎌倉幕府の時からあった《守護《しゅご》》の中から有力な人たちが就いた。守護自身は京都にいて政治を行うので、地方は、《守護代》や《国人《こくじん》》と言われる地元の有力者に任せることにした。

つまりこれは「京都で政治の中心のことはやっとくから、地方はそれぞれやっといて」ということだった。

地方が力をつけて、のちの戦乱につながっていくのだが、当時は誰も知るよしも無かった。

ところで義満さんは、明《みん》（今の中国）と貿易をしたことでも有名だった。

明のえらいさん「倭寇《わこう》（日本の海賊）怖いあるよ。取り締まって欲しいあるよ」

義満さん「じゃあ、お互い、正式に貿易する証明書を持った船だけが貿易出来ることにしましょうか。その証明書を『勘合《かんごう》』って名付けましょう!!　倭寇はこっちでなんとかするわ」

こうして始まったのが《勘合貿易》だ。

また、南北朝の統一と同じ年に出来た李氏《りし》朝鮮との間での《日朝貿易》も、義満さんが始めたものだ。

僕は、そんなすごい義満さんに会いに行く途中、ある人物に会えた。

金閣の前にかかっている橋の立札の前に、その人物は立っていた。その人物は、心なしか青ざめた顔で立札を眺めていた。

恐る恐る話しかけた。

「すみません、一休さんですよね？」

丸坊主の可愛《かわい》らしい男の子が、こちらを見て頷《うなず》いた。

僕は一休さんに尋ねた。

「どうしたんですか？」

一休さんが答えてくれた。

「将軍様に呼ばれてここまで来たのですが、この橋を渡れないんです」

立札を見ると、かの有名な文言が書かれていた。

《このはし渡るべからず》

僕は、このとんちを見るためにここに来たのだ。ワクワクしてきた。やっぱり、アニメのように、指に唾《つば》をつけて頭をなぞるのだろうか？　でも、やっぱりあれはアニメだからやり方は違うだろうか？　どのようにこの問題を解決するのか、僕は固唾《かたず》を呑んで事の成り行きを見守った。

すると、すぐさま、思いもよらない方法で、一休さんはこの問題を解決しようとした。

「どうしたらいいでしょうか？」

聞いてきた。僕に答えを聞いてきた。

一休さんは、大人に答えを聞いて物事を解決しようとする子供だった。自分では何も考えない子供だった。

僕は質問に質問で返した。

「え？　一休さんはどう思います？」

僕は思った。

《頼む！　自分で考えてくれ。すぐに答えを聞こうとしないでくれ。僕の〝一休さんのイメージ〟を壊さないでくれ！》

すると一休さんは、人さし指を伸ばした。

僕は思った。

《そうだ、そのまま指を舐《な》めてしまえ。そして頭をなぞってくれ！》

しかし一休さんは、指を自分の鼻の穴に入れた。そして呟《つぶや》いた。

「……どうしよう」

僕の思っていた一休さんではなかった。今日は調子が悪いのだろうか？

僕は、一休さんに助け舟を出すことにした。

「いいですか？　〝はし〟って書いてあるので、〝真ん中〟を渡るというのはどうですか？」

一休さんが僕に質問してきた。

「え？　どういう意味ですか？」

全然理解していなかった。

僕はもう一度説明した。

「いや、だから、この〝はし〟というのを、この〝橋〟の〝端〟っこと考えて、〝端っこを渡っちゃいけませんよ〟って考えて、真ん中を渡ったらいいと思うんですよ」

まったく意味を理解していない様子の一休さんが、信じられない発言をした。

「うーん。よく分からないけど、とりあえず真ん中渡りますね」

アホの丸坊主「一休さん」は橋を渡っていった。

もしかしたら、丸坊主なのは、何か悪いことをしての罰かも知れないとさえ思えてきた。

僕は橋を渡り切った一休さんに叫んだ。

「トラを退治しろと言われたら、まずは『トラをこの屏風《びょうぶ》から出してください』って言うてから、頭にハチマキを巻くねんで！」

一休さんは、僕の発言を聞いて慌てることも、気にすることもなく、金閣の方に歩いていった。

とみやん顔赤らめてる場合じゃないのに

義満《よしみつ》さんが政治を行ってる時はイイ感じだったが、義満さんが死んだあと、幕府

(国会におるようなえらいさんたち)の力は弱くなり、守護《しゅご》(都道府県の知事のようなえらいさんたち)の力が強くなった。地方のことは地方に任せていた結果が、中央にとって悪いようになった。

強くなった守護はこう思った。

「今やったら幕府を倒せるんちゃう?」と。

さらに、農民(庶民)はこう思った。

「鍬《くわ》を持ったら、俺らも強いんちゃう?」と。

そして以前にも増して、一揆《いっき》(農民がブチ切れる)がたくさん起こった。

そして最悪の将軍が誕生した。8代将軍足利義政《あしかがよしまさ》さん(慈照寺銀閣《じしょうじぎんかく》、通称銀閣寺を建てた人。銀閣寺はすごく良い寺)だ。

部下A「銀閣寺何色やと思う?」

部下B「そら、銀閣寺やから銀色やろ?」

部下A「ブー! 正解は普通の色でした」

部下B「まじで!? 銀閣寺やのに? 金閣寺は金やのに? 足利将軍、めっちゃ寺の色ボケしてくるやん」


みたいな会話がなされていたのではないだろうか？

銀閣寺の色もそうだが、義政さんは天然だった。

というのも、義政さんと奥さん（日野富子《ひのとみこ》さん）の間には子供が出来なかった。跡継ぎに困った義政さんは、弟の義視《よしみ》さんに相談した。

義政さん「子供が出来へんねん。俺が死んだら室町幕府頼むわ」
義視さん「ほんまに？　もし子供出来たら、俺邪魔やろ？」
義政さん「大丈夫。ほっそん（細川勝元《ほそかわかつもと》さん）もおまえの味方してくれるから」

こうしてしぶしぶ義視さんは、跡継ぎになる約束をした。

そして……義政さんと奥さんの間に子供が出来た。

子供が出来た報告を受けた義視さんは思った。

「出来てんのかーい！　やることやっとったんかーい！　とみやん（日野富子さん）

顔赤らめてる場合ちゃうやーん！」と。

こうして、「義視さん」VS.「義政さんの息子」の跡継ぎ問題が勃発した。

もちろん、跡継ぎをどちらにするかは、現役のいちばんえらいさんである義政さんに委ねられた。

幕府関係者一同「義政様、跡継ぎはどちらにするおつもりで？」

義政さん「うーん。俺分かれへんからみんなで決めて」

一同大コケ。

幕府関係者一同は思った。

「分かれへんのかーい！　ほんでやることやっとったんかーい！　とみやん顔赤らめてる場合ちゃうやーん！」と。

こうして義視さん派（ほっそんなど）と、息子一派（とみやん、やまやん《山名宗全《やまなそうぜん》さん》など）で跡目争いが起こった。

これがチョー有名な応仁《おうにん》の乱（１４６７年）だ。

事の発端もしょうもなかったが、戦そのものもしょうもなかった。この戦いのしょうもない点の筆頭は、最後の方がグダグダになり、どちらが勝ったかの決着がつかなかったところだ。

そんなしょうもない戦いを経験して、《守護（もともとは幕府を守る役目）》達は思った。

「ほんまに幕府しょうもないな。戦ったら倒せるんちゃう？」と。

こうして誕生したのが戦国大名だ。

戦国大名には、《守護》がそのまま自分の領国を支配して戦国大名になる場合もあったが、《守護代》や《国人《こくじん》》から、守護を倒して成り上がった者もたくさんいた。

こういう下から成り上がることをこう言った。

下克上《げこくじょう》だ。

そして、戦国大名は自分の国の決まりである《分国法》を作ったり、お城を建てて城下町を造った。

この時代には、たくさんの魅力的な大名が出てきた。

甲斐《かい》の武田《たけだ》信玄《しんげん》さん（風林火山の人）

越後《えちご》の上杉謙信《うえすぎけんしん》さん（敵に塩を送る人）
駿河《するが》の今川義元《いまがわよしもと》さん（眉毛がマロの人）
尾張《おわり》の織田信長《おだのぶなが》さん（人生50年の人）
安芸《あき》の毛利元就《もうりもとなり》さん（3本の矢は折れない人）
陸奥《むつ》の伊達政宗《だてまさむね》さん（ダースベイダーのモデル）

など、戦国ゲームで登場するチョー有名な人物が各地で力を伸ばしていき、《惣村《そうそん》（農民の集まり）》を直接支配して、荘園《しょうえん》を解体させた。

外国人の動向も変わってきた。

というのも、日本で戦国大名が続々と出てきた頃、ヨーロッパの人々は、イスラム教徒によってアジアとの交通をさえぎられていた。

そこで、スペイン人とポルトガル人はある方法を思いついた。

「レッツゴー　オン　ザ　シップ！」

そして、あるポルトガル人を乗せた船が日本の種子島《たねがしま》に流れ着き、戦国大名の戦い方が変わる〝あるもの〟が日本に伝わった。

鉄砲だ。種子島とも呼ばれた。

その後も、毎年ポルトガルから九州に貿易をする船が来るようになった。そしてスペイン人も九州に来るようになった。

なぜ彼らは日本に通うようになったのか？

その理由は至極単純なものだった。

スペイン人やポルトガル人は思った。

「ジャパン　ボウエキ　バッド　カントリー」と。

めちゃくちゃ舐《な》められていたのだ。

また、貿易によって、物品がもたらされただけでなく、宗教も伝えられた。

キリスト教だ。

僕は、教科書でよくお目にかかり、なおかつ学生の時に暇つぶしをさせてくれた、〝ある人物〟に会いに行くことにした。

目的の人物は鹿児島にいた。

一目ですぐに分かった。教科書と同じように、首に白のハリセンのようなものを巻きつけていたからだ。そしてハゲていた。

僕はその人物に、日本語で話しかけた。

「すみません、フランシスコ・ザビエルさんですよね？」

教科書で見たとおりの、胸の前で両手を交差させるポーズのまま、ザビエルさんが答えてくれた。

「イエス」

僕は、現代でのある出来事を思い出した。

「堺まつり」というお祭りに、コンビでゲスト出演したことがあった。我々が、堺にまつわる歴史上の人物のふん装をして堺の町を歩くという仕事だった。

僕のふん装は、あとの時代に出てくる千利休《せんのりきゅう》さんだった。着物を着て帽子もかぶって、茶碗まで持たせてもらったので、見るからに千利休な仕上がりになった。千利休を知らない人でも「誰かは分からんけど、なんか成し遂げた立派な人やろ？」と思えるほど、素晴らしい衣装が用意されていたのだ。

一方、宇治原はザビエルさんだった。

宇治原には、今目の前にいるザビエルさんと同じように、首のところにエリマキトカゲのような白のヒラヒラがついた黒の服が用意されていた。

宇治原が嬉しそうに僕に言った。

「これでハゲヅラがあったら、完ぺきにザビエルさんに見えるな」

目の前にいるザビエルさんが聞いたら、絶対にキレることを言った。

宇治原は、ザビエルさん独特の、胸の前で両手を交差させるポーズを相方である僕に見せるくらいにテンションが上がっていた。

しかし待てども待てども、宇治原のハゲヅラは用意されることはなかった。

打ち震える宇治原。

タバコの先の灰の長さにも気がつかない宇治原。

無情にも、ハゲヅラが用意されないまま、本番の時間になってしまった。

宇治原を見た。

いろんな感情が渦巻いているのか、真顔だった。

僕から見た宇治原は、ザビエルさんではなく、〝お祭りに奇抜なファッションで参加しているモード系の専門学生〟に見えた。

外に出ると、堺の町にはすごい数の見物客がいた。まるで堺中の人が全員集まったかのような人だかりだった。

これから、そんなたくさんの人の前を〝千利休のふん装をした中堅芸人〟と〝お祭りに奇抜なファッションで参加しているモード系の専門学生みたいな中堅芸人〟が歩くことになるのだ。自分がもし〝お祭りに奇抜なファッションで参加しているモード系の専門学生みたいな中堅芸人〟だと思ったらぞっとした。

歩道に立って見ている方々が、声援を送ってくれた。

先に歩いた僕には「利休！　利休！」とすごい声援を送ってくれた。

そして宇治原が歩く番になった。

僕の後ろから、声援というよりは〝確認〟が聞こえた。

「……宇治原？　なあ？　宇治原やろ？　なあ？　どないしたん、オシャレして？　なあ？」

これから1時間歩くことを考えると、宇治原が可哀そうでならなかった。

声援ではなく、〝確認〟が1時間続くことは容易に想像出来た。僕は、この仕事が終わったら、見よう見まねで利休のように美味しい宇治茶を宇治原に御馳走してあげようと心に誓った。

……と、そんなことを思い出しつつ、僕はザビエルさんに自分の気持ちを素直に伝えたいと思っていた。

僕は、教科書のザビエルさんにしていた落書きを、直接本人にしてみたかったので、勇気を振り絞ってザビエルさんに言った。

「おでこにアホって書かせてもらえませんか？」

キリシタン大名の高山右近《たかやまうこん》さんや小西行長《こにしゆきなが》さんに聞かれたらめちゃめちゃ怒られることを、ザビエルさんに頼んでみた。

日本語で言った僕に、ザビエルさんは即答した。

「ノー！」

意味が分からなくても、悪いことをされそうなのは分かったみたいだった。

現代に戻ったら、宇治原のおでこにアホと書くことにすると決めた。

その前に、次の時代に進むことにしよう。

まずはホトトギスを手に入れなければ。


ホトトギスが鳴かなかったら、あなたならどうしますか？

16世紀の終わり頃に向かった僕は、戦国時代の有名武将ベスト3に集まってもらった。

籠に入れたホトトギスを床に置くと、集まってもらった3人に話しかけた。

僕「信長《のぶなが》さん。秀吉《ひでよし》さん。家康《いえやす》さん。今日は来てくださってありがとうございます。さっそくみなさんに質問があるのですが、この籠のホトトギスが鳴かなかったらどうします？」

信長さん「簡単でござる。そんなホトトギスは殺してしまうでござる」

短気な信長さんらしい答えだった。

この3人の中ではもちろんのこと、戦国武将の中からまず頭角を現したのが織田《おだ》信長さんだった。

信長さんの人生をすごく簡単に説明すると、今川義元《いまがわよしもと》さん（眉毛マロの人）を桶狭間《おけはざま》の戦いでやぶり、足利義昭《あしかがよしあき》さん（めちゃくちゃ眉毛マロの人）を室町幕府15代将軍にし、「さあ、これから全国を統一するぞ」という時に、明智光秀《あけちみつひで》さん（チョー真面《まじ》目《め》）に本能寺《ほんのうじ》に火をつけられて亡くなった。

次に頭角を現したのが豊臣《とよとみ》秀吉さん（顔が猿）だ。秀吉さんは、信長さんを討ったと言われている光秀さんをすぐに倒したのだ。

僕の質問に、秀吉さんも答えてくれた。

秀吉さん「ワシは鳴かせてみせるでござるよ」

これも自信家の秀吉さんらしい答えだった。

秀吉さんは、全国のものさしや、ますを統一する《太閤検地《たいこうけんち》》をしたり、農民の一揆《いっき》を恐れて武士以外から刀を取り上げる《刀狩《かたながり》》をした。

また秀吉さんは、初めはキリスト教を認めていたが、スペインやポルトガルに植民地化されることを恐れて、宣教師（ザビエルさんみたいな人）を追放し、大名のキリスト教信仰を禁止した。

また、中国の明《みん》を征服しようと朝鮮に出兵したが、結局秀吉さんの死をきっかけに撤退することになった。

《刀狩》といえば、これをした人物を、僕はもう一人知っている。

宇治原だ。

ある日二人で信号待ちをしていると、横に5歳くらいの男の子とそのお母さんが同じように信号待ちをしていた。

男の子は戦隊物のおもちゃの刀を持っていた。その男の子がいきなり、おもちゃの刀で僕を斬りつけてきたのだ。

僕は人懐っこい子供だなと思い、大げさに「うわあ。やられた！」と声を張り上げた。大爆笑の男の子。申しわけなさそうに僕を見る男の子のお母さん。

テンションが上がった男の子は何度も何度も僕に斬りかかってきた。そのたびに僕は何度も何度も大げさに斬られたふりをした。

そしてテンションがマックスになったその男の子は、いちばんやってはいけないことをした。

宇治原に斬りかかったのだ。

僕は思った。

《あかん。そのお兄ちゃんはあかん。君が接してきた生き物と違うのだよ》

しかし、時すでに遅かった。

宇治原はその刀をしっかりと片手で受け止めた。

我に返る男の子。必死で刀を取り返そうとしている。しかし宇治原は決して刀を離さなかった。バスケで鍛えた握力をいかんなく発揮した。

「すみません、すみません！」

男の子の母親が、必死に謝っていた。それでも手を離さない宇治原。

そのやりとりが30秒ほど続き、やっと宇治原が刀から手を離して、男の子に言った。

「信号、青やで」

歩いていくロザン二人。振り返ると、まだ赤信号であるかのように、その親子はピクリとも動かなかった。

宇治原が見ず知らずの子供に刀狩をした瞬間だった――。

しょうもない小話を待っていてくれた家康さんが口を開いた。

家康さん「ワシは鳴くまで待つでござる」

3人の中で頭角を現すのがいちばん遅かった家康さんらしい答えだった。

秀吉さんが死んだのち、その家臣の石田三成《いしだみつなり》さん（真面目）と徳川《とくがわ》家康さん（体が狸《たぬき》）が対立することになった。

そして、全国の大名が、三成さんの《西軍》と家康さんの《東軍》に分かれて戦うことになる。有名な関ヶ原の戦いだ。

これに勝った家康さんは征夷大将軍《せいいたいしょうぐん》に任じられ、江戸に幕府を開くことになるのだ。江戸幕府だ。

家康さんは、戦乱の世の中から徳川家の世の中にするためにどうしたのか？

院政と同じようなことをしたのだ。つまり、自分が亡くなる前に息子の秀忠《ひでただ》さんに将軍職をゆずり、将軍は徳川家の世襲であることを示したのだ。

そして、大坂城にいた秀吉さんの子である秀頼《ひでより》さんを攻め滅ぼし、完全に徳川の天下にすることに成功した。

こうして江戸幕府が開かれ、庶民の暮らしが変わっていくことになる。

あとで見に行くことにしよう。

3人の討論が始まった。

信長さん「ふ、鳴かせてみせるとか鳴くまで待つとか、何をぬるいことを言っておるのじゃ。殺してしまえばいいのじゃ！」
秀吉さん「そんな考え方だから光秀どのに裏切られるのでござる」
信長さん「何を！　ワシの草履《ぞうり》を懐《ふところ》で温めていた分際で偉そうなことを言うな！」
秀吉さん「今だから言いますが本当は盗もうとしただけでござる。思ったより早く戻ってきたので咄嗟《とっさ》に温めたと言っただけでござる」
信長さん「何を！　蘭丸《らんまる》！　刀を持ってこい！」
家康さん「まあまあ、信長さん」
信長さん「うるさい！　でぶ！　戦下手！」
家康さん「戦で敗れた姿を絵に描かせてから、ワシは負け知らずでござるよ（家康さんは自分が負けた時の泣き顔を描かせたと言われていた。シュッと描かせたかも知れない頼朝《よりとも》さんと大違い）」
信長さん「ぐ……」

秀吉さん「お主はホトトギスが鳴かなかったらどうする？」

突然、僕に話を振られてしまった。

僕は正直に答えた。

「……いや。考えたこともないです」

こいつは天下取らんなという顔で見られた。

僕はホトトギス談議を抜け出してタイムマシーンに乗り、爆笑を取っている4人組に会いに行くことにした。

士農工商の漫才

ホトトギスが鳴くまで待つことでおなじみの家康《いえやす》さんが作った江戸時代になり、庶民にとっていちばん変わったことといえば、身分制度だ。

武士の子は武士、農民の子は農民と、生まれた時から身分が決められた。中でも、農民には厳しい義務が課されており、作った作物の4割もしくは5割を幕府に納めなければならないという《四公六民》か《五公五民》の制度が作られた。
身分制度について分かりやすく説明してくれるという4人組の漫才が、ある立札の前で行われていた。《慶安《けいあん》の触書《ふれがき》》と言われるもので、農民の過ごし方を書いた立札だ。

武士「武士でーす」
農民「農民でーす」
職人「職人でーす」
商人「商人でーす」
4人「4人合わせて士農工商でーす」
武士「僕ら4人で仲良く漫才してますけども平等じゃないんですよ」
商人「そうなんですよ。僕がいちばん偉くて」
職人「次に僕」
農民「その次に僕」
武士「最後に僕。って逆！　逆！　僕がいちばん偉いの。身分は〝士農工商〟の順番や」
農民「じゃあ僕も武士になるわ」
職人「じゃあ僕も」
商人「じゃあ僕も」
武士「じゃあみんな仲良く武士で……ってアホ！　一度決まった身分は変われへんねん」
農民「そんなこと誰が決めたんですか？」
武士「3代将軍の家光《いえみつ》さんや」
職人「聞いたことあるわ。家康さんのお孫さんやね？」
商人「家康さんってあの人やな？　ホトトギスが鳴かなかったら食べてた人やね？」
武士「違うわ！　待った人や！　食べてどうすんねん。引くわ！」
農民「でもどうして身分を変えられないんですか？　僕、田植えしんどいから武士と代わって欲しいんですけど」
武士「あんたらの税で幕府は成り立っているから、身分を変えられるとお金が無くなるから困るでしょ？　でも武士も大変やねんで」

職人「どこが大変なんですか？　一人だけツッコミだからですか？」

武士「違うわ！　武士が全員ツッコミなわけないやん。武士は参勤交代せなあかんねん」

農民・職人・商人「さんきんこうたい？」

武士「声、揃《そろ》えんでいいねん！　参勤交代っていうのは、1年ごとに江戸に住まないといけない決まりや。幕府は、僕らみたいな武士がお金貯《た》めて幕府に反乱するのを恐れてんねん。僕は外様《とざま》やから、参勤交代にめっちゃお金かかるねんで」

農民・職人・商人「ぶざま？」

武士「外様！　誰が無様や！　あのな、徳川《とくがわ》さんとどれだけ仲がいいかによって住む場所が違ってて、いちばん江戸から遠いのが外様やねん。徳川さんの親戚《親藩《しんぱん》》が江戸の近く、関ヶ原の戦いの前から仲が良かった《譜代《ふだい》》がその次。僕みたいな関ヶ原の戦いのあとに仲良くなった《外様》は江戸から遠いところに住まないといけないから、江戸に行く時に交通費とかのお金かかるねん。あと、家光さんは、僕らにだけではなく、朝廷や寺院にも決まりごとを作ってんで。知らんと思うけど」

農民・職人・商人「禁中並《きんちゆうならびにくげ》公家諸法度《しよはつと》？」

武士「よう知ってるな！　あと、声よく揃ったな！　この法律は、今までに無い画期的な決まりごとやってんで。どこが画期的やと思う？」

農民「決まりごとの内容が画期的ではなく」

職人「幕府が朝廷に対して決まりごとを作ることが、これまでは無かった」

商人「から」

武士「よく分かってるな！　あと商人、楽すな！　今までの幕府は、えらいさんの顔色うかがわなあかんかったけど、この決まりごとのおかげでその必要が無くなってん。じゃあ、次の問題。キリスト教を禁止したんやけどなんでやと思う？」

農民「キリスト教は幕府より神の方が偉いって教えるから」

職人「幕府がいちばんではないと困るから」

商人「ザビエルさんがハゲてるから」

武士「商人だけ違う！　じゃあ、キリスト教徒の集まりで幕府に反抗したのが《島《しま》原《ばら》の乱》ですが、これを率いた少年の名前知っているか？」
農民「伊東四朗さん」
職人「マギー司郎さん」
商人「宇治原史朗さん」
武士「全員違う！　天草四郎《あまくさしろう》さんや。刀で斬ったろか！」
農民・職人・商人「すみませんでした。無様さん」
武士「外様や！　もうええわ」

僕が会いたかった少年は、たくさんの人の前で演説を行っていた。

「僕達が幕府に負けることはありません。絵踏《えふみ》（十字架やキリストが描かれた絵を踏む行為）をする必要もありません。なぜなら僕には特殊な力があるからです。僕についてきてください。僕は奇跡を起こせるのです」

そして少年は手から白い鳩《はと》を出した。

少年の演説を聞いていた民衆は、歓喜の渦に巻き込まれた。

この少年こそが、僕の会いたかった人物だった。天草四郎さんだ。

なぜ少年である天草四郎さんが、民衆の心を摑《つか》んだのか？

それは、天草四郎さんが手品が出来たからだと言われていた。この時代は手品が一般に浸透しておらず、手品が出来る天草四郎さんは奇跡の子と思われていたのだ。

僕は四郎さんに話しかけた。

「四郎さんですよね？　誰に手品を教わったんですか？」

四郎さんが答えてくれた。

「手品？　なんですか、それは？　そんなことよりも僕の奇跡を見てください」

そう言うと、四郎さんは布を取り出した。

「見てください。この布の模様は縦じまですよね？　はい、ほら。横じまになりましたよ」

どうやら四郎さんはコメディタッチの手品もやるようだ。

僕は、四郎さんがもっと奇跡の子だと思われるように、現代の手品道具を渡し、使い方を教えてからタイムマシーンに乗り込んだ。

背後から、またもや民衆のテンションが上がる声が聞こえてきた。

「すごい！　四郎さんの耳が大きくなったぞ。しかも耳が大きくなったのに〝でっかくなっちゃった〟とまるで他人事《ひとごと》のようだ。やっぱり四郎さんは奇跡の子だ」

大成功のようなので、僕は次の時代に進むことにした。

この島原の乱は、幕府に衝撃を与えた。

この乱により、幕府はキリスト教をより一層厳しく取り締まるようになった。具体的には、スペイン船とポルトガル船の来航を禁止し、日本人が海外に行くことや帰ってくることも禁止したのだ。そして、イギリスとの貿易争いに勝ったオランダと、中国の2ケ国だけに、長崎で貿易をすることを許可した。

外交だけではなく、内政も変化を余儀なくされた。

大名を取り締まるために幕府が厳しい法律を作ったので、たくさんの浪人を生むことになったのだ。

なぜ浪人が増えたのか？

武士たちが仕えていた大名が、決まりごとを守ることが出来ずに領地を取られてしまうと、武士は行き場を失い、浪人になるしかなかったからだ。

これ以上浪人を増やしたくない幕府は、4代将軍の家綱《いえつな》さんの頃に、ある決断をした。

「ごめん！　ちょっと決まりごと多かった？　もう少し緩くするわ」としたのだ。

具体的には、武力によって厳しく取り締まる政治から、道徳や秩序、礼儀を重んじる《文治政治》に変えていったのである。

こうして、儒教の考え方に基づいた政治が行われるようになっていった。

大名も、儒教に詳しい御用学者を顧問にしたりした。

このような政治は、5代将軍綱吉《つなよし》さん（めちゃ犬好き。タレントなら現場まで犬連れてくるタイプ。犬の写メを待ち受けにするタイプ。犬の写メを他人に見せて相手を困らせるタイプ）、6代、7代の時に政治を行った新井《あらい》白石《はくせき》さんの頃まで続くことになる。

僕は、次の将軍の時代にタイムマシーンで向かった。

8代将軍が暴れることを祈って。

お主も悪よのう。菅殿

僕はタイムマシーンに乗り込み、生まれた時代が違う4人を集め、同時にインタビユーすることにした。

というのも、僕は学生の頃から、江戸時代の中盤から終わりにかけてがややこしくてよく分からなかったので、整理したかったのだ。

まず1人は、8代将軍の徳川吉宗《とくがわよしむね》さん。僕のイメージはもちろん暴れん坊将軍だが、歴史の教科書では、米に関する決まりごとをたくさん作ったので〝米将軍〟と言われていた。

そして2人目が田沼意次《たぬまおきつぐ》さん。僕の田沼さんのイメージは、〝賄賂《わいろ》オッケー〟だ。時代劇の「お主も悪よのう」「へへへ、お代官様こそ」のフレーズがピッタリの人物だ。

3人目が松平定信《まつだいらさだのぶ》さん。僕の定信さんのイメージは真面目だ。確か田沼さんが流行《はや》らした賄賂を止めた人物だ。

最後に、水野忠邦《みずのただくに》さん。僕のイメージでは「やっぱ米大事だね」と言ったであろう人物だ。

僕は、この4人に話しかけた。

僕「今日は徳川吉宗さん、田沼意次さん、松平定信さん、水野忠邦さんにお越し頂きました。よろしくお願いします。まず吉宗さんからその当時の状況と政策を発表してもらえますか？」

吉宗さん「分かりました。よろしくでござる。まず私の時代の武士でござるが、はっきり言って貧乏だったでござる。家光《いえみつ》さんの参勤交代のせいで、武士のお金が無くなってしまったでござるよ。困ったことに、身分的には下の商人からお金を借りる武士が出てきたでござる。武士として恥ずかしい行為でござる」

田沼さん「だから私は商人中心の政策に……」

吉宗さん「まだ話が終わってないでござる。暴れるでござるよ？」

田沼さん「……すみません。気を悪くしたならこれ」

吉宗さん「……お金は要らないでござる。話を元に戻すでござる。――だから貧乏脱出大作戦を行ったでござる。まず、参勤交代の期間を短くしたでござる。その代わりに、米を我々に納めるようにしたでござる」

定信さん「《上米《あげまい》の制》でござるな？」

吉宗さん「そうでござる。さすが私の孫じゃ。サンバを踊りたい気分じゃ。お主のように、家柄も能力も良いやつもおれば、そうでないやつもおる。だから身分の低い者でも有能であれば役職に就けて、給料を今までもらっていた分に上乗せして払うようにしたでござる」
定信さん「《足高《たしだか》の制》でござるな？」
吉宗さん「そうでござる。さすが私の孫じゃ。マハラジャを踊りたい気分でござる。それから、税は米の不作、豊作にかかわらず、一定の量を納めさせるようにしたでござる。米だけでは飢える可能性があるので、青木昆陽《あおきこんよう》さんにさつまいもを作らせたでござる。大岡忠相《おおおかただすけ》さんを町奉行にして、法律や裁判の方法を整えた公事方御定書《くじかたおさだめがき》を制定したり、町火消を作ったでござる。あと庶民に投書させたりもしたでござる」
定信さん「《目安箱》でござるな？」
吉宗さん「……私の政策を知りすぎてて怖くなってきたでござる。少し引いてるでござる」
定信さん「気に障ったら謝るでござる。私はおじいちゃんの享保《きょうほう》の改革を手本にしたのでよく知っているのでござる。私の政策は……」
田沼さん「その前に、私の政策でござろう？　私は吉宗さんと関わりが無いので、はっきり言わせてもらうが吉宗さんの政策は失敗でござる」
吉宗さん「誰か白い馬を！　暴れるでござる！」
田沼さん「聞くでござる。吉宗さんは年貢を増やすことは出来たでござるが、米があまって値段が下がり、武士の給料が下がってしまったでござる。凶作の時に農民が一揆《いっき》を起こしたでござるよ。だから私は、凶作、豊作に関係ない商業に頼ることにしたでござる」
定信さん「おじいちゃん、ここは私に。同じ商品を売る仲間を《株仲間》と呼んで、幕府に上納金を納める代わりに、商品販売の独占権などをもらうようにした政策でござるな？」
田沼さん「そうじゃ」
定信さん「それをしたせいで株仲間に入りたい商人が、幕府に賄賂を贈ることが横行したのを忘れたとは言わせんぞ」
田沼さん「……ぐ」

定信さん「結局なんだかんだ言って、米でござろう？　とりあえず商業をするために農民がどんどん出稼ぎに来たので、そうした農民を村に帰らせて米を作らせたでござる」

水野さん「《旧里帰農令《きゆうりきのうれい》》でござろう？」

定信さん「……やっとしゃべったでござるな、水野さん。そうじゃ。あとは米を使い切ることなく置いておくこと。借金は帳消しにしたりもしたでござる」

水野さん「《囲米《かこいまい》》と《棄捐令《きえんれい》》でござるな？」

定信さん「そうじゃ。あとは寛政異学《かんせいいがく》の禁を定めて朱子学《しゆしがく》以外を禁止にしただけじゃ。やはり厳しく取り締まらないと。何がおかしい田沼どの？」

田沼さん「これを読むでござる」

定信さん「……白河の　清きに　魚も　住みかねて　元の濁りの　田沼　恋しき」

田沼さん「つまり、あなたの政治は綺麗《きれい》すぎる。ちょっと悪いけど前の私の時代の方が良かったということでござるよ」

定信さん「お主が賄賂を横行させるから、厳しくしただけでござろう」

田沼さん「《寛政の改革》か何かは知らぬが、失敗でござる」

定信さん「お主の政策には名前がついておらぬわ！」
田沼さん「……ぐ」
水野さん「まあまあ。二人とも落ち着いて」
僕「水野さんはどのような政策を？」
水野さん「言っては悪いが、徳川11代、12代の政治はめちゃめちゃで、庶民の生活も荒れていたでござる。まず、天保《てんぽう》の飢饉《ききん》が起こって米が穫《と》れなくなったでござる。それなのに年貢を取ろうとする幕府のやり方に大塩平八郎《おおしおへいはちろう》さんが怒って、幕府に反乱を起こしたでござるよ。大塩さんは元は幕府側の人間だったから、幕府はドン引きだったでござる。ただ、やっぱり米が大事であることを痛感したでござる。だから、吉宗さんと定信さんを手本にして、厳しい生活にしたでござる。また農民が都会に出てきたので『帰れ』と言って村に帰らせて、米を作らせたでござる。あと株仲間は解散させて、自由競争にしたでござるよ」
吉宗さん・定信さん「《天保の改革》でござるな？　ほら、やっぱり田沼の政治は間違っていたでござる！」

田沼さん「……ぐ」
吉宗さん・定信さん「お主はどう思う？　お主の意見がいちばん客観的でござろう？」
僕「現代では農業中心ではなく、商業中心の世の中になっていますから、田沼さんの政策が間違っていたとは思えません。それにエレキテルを操った平賀源内《ひらがげんない》さんを世の中に出したのも田沼さんですし。みなさんそれぞれの意見があると思いますが、それぞれの時代でベストの選択をされた方たちではないでしょうか？」
吉宗さん「なるほど」
水野さん「田沼さん。いろいろ言ってすみませんでした」
定信さん「時代が違いますしね」
田沼さん「いえいえ。分かってくれればいいんですよ」
丸く収まったので、僕は次の時代に向かうことにした。
手には、インタビュー直前にもらった田沼さんからの賄賂を握りしめていた。

さあ、江戸幕府の終わりを見に行こう。

幕府クローズ、オープンカントリー

幕末のポイントは1つだ。

「鎖国を続けるか？　開国するか？」だ。

開国といえば、まっさきに名前が挙がるのはアメリカのペリーさんだが、それより前、実は18世紀の後半にロシアが日本に国交を求めた。

1792年、ロシアに漂着した船乗りの大黒屋光太夫《だいこくやこうだゆう》さんを根室《ねむろ》に送り届けに来たラクスマンさんが、日本に通商を求めたが、日本は応じなかった。送り届けてくれたのに、だ。

ラクスマンさんドン引き事件だ。

幕府は外国が来ることを恐れ、今の北海道である蝦夷地《えぞち》の調査を、間宮林蔵《まみやりんぞう》さんにさせた。

19世紀に入ると、イギリスやアメリカの船が日本にやってきたので、幕府は《異国《いこく》船打払令《せんうちはらいれい》》を出して鎖国を守ろうとした。

漂流した日本人を助け、送り届けてくれたモリソン号を、異国船として砲撃したりもした。送り届けてくれたのに、だ。

モリソン号の船長さんドン引き事件だ。

高野長英《たかのちょうえい》さんや渡辺崋山《わたなべかざん》さんらが、「それって、人としてどうなんですか?」と幕府を批判すると、処罰されたりした。

《蛮社《ばんしゃ》の獄《ごく》》と言われる事件だ。

そして1853年に、黒船に乗ってアメリカ人のペリーさんが現れた。

黒船の大きさにビビった日本は、自国にとっては不利な《日米和親条約》を結ぶことになる。

日米和親条約で重要なポイントは、外国との関係を作ってしまったことだと僕は思う。つまり、これで0を1にしてしまったということだ。

この条約を結んだのち、日本は様々な条約を外国と結ぶことになる。

僕はペリーさんに関する疑問を解決してくれるかも知れない人物に会いに行くこと

にした。ジョン万次郎《まんじろう》さんだ。

僕は学生の時から、僕の疑問を解決できるのはジョン万次郎さんしかいないと思っていた。どんな疑問かというと、「あれ？　鎖国していたのにペリーさんとどうやって日米和親条約結んだの？　英語で交渉したの？」だ。

それで僕は、教科書で「英語が堪能な人物だ」と教わったジョン万次郎さんが通訳したのでは？　と思い、話を聞きに行った。

ジョン万次郎さんが答えてくれた。

「ノー。僕やってないよ。僕、アメリカの生活ロングだったから、幕府は僕がアメリカの味方をするかもと思ったみたい。バット！　そんなことするわけないのにね」

僕は「じゃあ誰が英語をしゃべったのですか？」と質問した。

ジョン万次郎さんが、英語と日本語交じりで答えてくれた。

「日本もアメリカも、オランダ語トーク出来たから、オランダ語でトークしたみたい」

なるほど。日本は鎖国していたが、オランダとは貿易していたから、オランダ語は話せたのか。僕の疑問はすぐに解決した。

それから僕は、万次郎さんに、ペリーさんと条約を結んだ経緯を説明してもらうことにした。

万次郎さんは日本語と英語が入り交じった言葉で教えてくれた。

「幕府はロングロング鎖国していたけど、清とイギリスがバトルして、ビッグカントリーの清にイギリスがウインしたでしょ？　イギリスはストロングだから、鎖国続けるのがホラーになったよ。だからイギリスにシップのパワーやウオーターやフードをプレゼントしたよ」

日本語だけでしゃべって欲しかった。鎖国を続けるのがホラーとは、鎖国を続けるのが怖くなったということだろうか？

万次郎さんが続けた。

「そして、ペリーさんが、ブラックシップで日本来たよ。日本は下田《しもだ》と箱館《はこだて》でシップのパワーとウオーターとフードをプレゼントしたよ。ペリーさんはホエールをゲットしたかったんだよ」

この時代のことが書かれている教科書をぼんやりと思い出してきた。確かこれ以降、幕府は、朝廷や全国の藩にどうしたらいいかと相談したのだ。

幕府にとって、このやり方がいけなかった。

相談された朝廷や全国の藩はこう思った。

「意見言っていいですか？　今までは意見言ってはダメでしたよね？　じゃあいろいろと言わせてもらいますね」

今まで威厳のあった先生だったのに、「他校の不良が乗り込んできたら今までと態度違いますやん。不良にビビってますやん」の状況だ。

これが朝廷の権威を高めたり、全国の藩の力を強めたりして、のちの討幕につながっていくことを、まだ幕府は知らなかった。

そのあと日本は、イギリス、ロシア、オランダとも同じように条約を結んだ。

聞いてもないのに万次郎さんは日米修好通商条約までの流れを説明し始めた。

「アメリカは通商条約もゲットしたかったよ。でも条約をゲットするには天皇のオッケーがいるのだけど孝明《こうめい》天皇は外国人ノーだったから条約オッケーしなかったよ。バット勝手に井伊直弼《いいなおすけ》さんが条約オッケーしたよ。どんな条約かティーチしようか？　日本でバッドなことした外国人を日本でジャッジ出来ない、アンド、日本が輸入品の税率決めるのはノーって条約だよ。オフコース、日本にとってはノーグッドな条約だったよ。

この条約をノーだと言った吉田松陰《よしだしょういん》さんや橋本左内《はしもとさない》さんがキルされたよ。これが《安政《あんせい》の大獄《たいごく》》だよ。ただこの事件のあとに、井伊さんは桜田門のアウトでキルされたよ。これが《桜田門外《さくらだもんがい》の変》だよ。

この頃から、みんなの考え方は、天皇をディフェンスして外国をオフェンスしようというものになったよ。幕府もオフェンス対象になったよ。

幕府は〝オンリー幕府〟ではなく〝幕府ウイズ朝廷〟でやっていこうとしたよ。薩《さっ》摩《ま》グループは〝幕府ウイズ朝廷〟にイエス。長州《ちょうしゅう》グループは〝イエス天皇ノー外国〟すなわち《尊王攘夷《そんのうじょうい》》にイエス。だから薩摩グループと長州グループの関係はバッドだったよ。

バット、下関《しものせき》のドカンを外国にゲットされた長州グループは、外国がホラーになったよ。これが《四国艦隊下関《しものせき》砲撃事件》だよ」

イエスやバッドが多すぎてわけが分からなくなってきた。ドカンとは砲台のことだろうか？　あとちゃんとしゃべれている時があるのも腹が立った。

万次郎さんのトークはエンドレスだった。

「薩摩グループと長州グループをフレンドにするパーソンが現れたよ。土佐《とさ》グループのドラゴンホース坂本《さかもと》だよ。

みんなで幕府をオフェンスすることにしたよ。すると、1867年に徳川慶喜《とくがわよしのぶ》さんは幕府パワーを天皇にリターンしたよ」

僕は万次郎さんにグッバイし、慶喜さんにハローしに行くことにした。

慶喜さんは、幕府パワーを天皇にリターンする《大政奉還《たいせいほうかん》》をツモローに控えたスリープ前にロンリートークをしていた。

「ああ、嫌やなあ。ついに明日か。大政奉還するの嫌やなあ。大政を奉還したくないなあ。

1回大政を奉還したら返してもらわれへんやろなあ。そらそうやわな。1回大政を奉還してる段階で、もうこっちには大政がないもんなあ。まだ大政を奉還していない段階で、もしかしたら返してもらうかもって言っておこうかなあ。でも『やっぱり大政を奉還しません!』って言ったらみんな怒るやろなあ。『いや、いや、大政を奉還するって言いましたやん』って言われるやろなあ。大政を奉還したら、家来の態度とかも変わるやろなあ。『大政を奉還した人』として見られるやろなあ。

でも、今まで大政を奉還したことがないからどんな感じで見られるかも分からんから不安やなあ。周りに大政を奉還したことがある人がいないから相談もでけへんしなあ。明日は緊張するやろなあ。声も小さくなるやろなあ。『え？　なんて？　大政？』とか言われたらどうしようかなあ。順番入れ替えて『奉還するのは大政だ！』にしようかなあ。

家とかどうなるんかなあ。やっぱり城から出ないとあかんのかなあ。今より狭いやろなあ。今広いからなあ。ああ、今広いもんなあ。あああ、今は広いなあ。お風呂とトイレは別がいいなあ。今お風呂とトイレが別っていうのは、特別のことなんやろなあ。

あと、刀持ってくれる人おらんようになるんかなあ。今までよく持っててくれてたなあ。重たかったやろなあ。逆に大政を奉還したあとで刀持たれたら、いつ斬られるか分からんから怖いなあ。引っ越しどうしようかなあ。大政を奉還したのに家来は引っ越し手伝ってくれるかなあ？　大政を奉還した人の引っ越しはやっぱり手伝ってくれへんやろなあ。それぞれにも引っ越しがあるから、俺の引っ越しを手伝ってる場合じゃないもんなあ。

あ！　寝てる場合ちゃうわ。明日までに一人では出来ない引っ越しの荷物整理してもらわんと。でも今から引っ越し手伝ってって言ったら、明日大政を奉還することがバレバレやもんなあ。今日までは〝大政を奉還するかしないか分からないミステリアスな人〟でいたいなあ」

慶喜さんのロンリートークはエンドレスだった。

僕はタイムマシーンに乗って、再び爆笑を取っている4人組に会いに行くことにした。

四民平等の漫才

江戸時代が終わり、明治時代になり、庶民にとっていちばん変わったことといえば、身分制度が無くなったことだ。

明治政府は、「天皇が支配する日本で、みんなで頑張っていこう」という内容の《五箇条《ごかじょう》の御誓文《ごせいもん》》を出したが、この五箇条の1つで、これまでの身分制度にとらわれない心構えも説いた。同じ時期に、庶民に向けて、一揆《いっき》やキリスト教の禁止について書いてある《五榜《ごぼう》の掲示》が立てられていたが、その立札の前で、4人組が漫才をしていた。

元武士「元武士でーす」
元農民「元農民でーす」
元職人「元職人でーす」
元商人「元商人でーす」
4人「4人合わせて四民平等でーす！」
元武士「いやあ。僕ら仲良く漫才していますから、地位は平等なんですよ」
元農民「そうなんですよ。これも僕のおかげですね」
元武士「違うでしょ。明治政府のおかげでしょ。あ、身分が一緒なのに訂正してごめんなさい」
元農民「こちらこそ調子に乗ってすみません」
元職人「ところで、慶喜《よしのぶ》さんはどうなったんですか？」

元武士「明治政府には入れなかったんですよ。2つの藩が中心だったんで」
元商人「おけいはんとフビライ・ハンですね？」
元武士「薩摩藩《さつまはん》と長州藩《ちょうしゅうはん》ですよ。おけいはんは京都・大阪間を走る京阪電車のキャラクターで、フビライ・ハンは、モンゴル帝国のチンギス・ハンの孫じゃないですか。あ、身分が一緒なのに発言を訂正してごめんなさい」
元商人「こちらこそ調子に乗ってしょうもないことを言ってすみません」
元武士「いえいえ。あと慶喜さんが持っていた土地は、全て国に返すことになりました。ただ慶喜さんの周りは反抗して、明治政府に戦争を仕掛けました」
元農民「戊辰《ぼしん》ウオーですね」
元武士「戊辰戦争ね！　万次郎さんみたいなしゃべり方しないでください！　戦争に勝った明治政府は、今までとは違う決まりごとを作ったんですよ」
元農民「大名がハブしていたグラウンドとピープルを天皇にリターン。これが《版籍奉還《はんせきほうかん》》ね。大名はリブ東京。ナッシング藩。府と県がバース。これが《廃藩置県《はいはんちけん》》ね。これで地方パワーナッシング。東京パワーオッケー。外国はストロングだからフレンド。20歳以上のマンは徴兵制！　富国強兵！」
元武士「だから万次郎さんのしゃべり方やめてください！　つまり土地が江戸幕府から天皇のものになったのですよ。あ、身分が一緒なのに訂正してごめんなさい」
元農民「こちらこそすみません」
元武士「外国に追いつくために必要なのはお金なんですよ。そのために、明治政府は不作があったりすることでお米自体の価値が変わるような、不安定な年貢をやめて違うやり方でお金をもらうようにしたんですよ」
元職人「集団強盗したんですよ」
元武士「違いますよ！　地租改正と言われる、全国の土地の値段《地価》を決めて、その3パーセントを現金で明治政府に払わなければいけないようにしたんですよ。あ、身分が一緒なのに」
元商人「もうそれいいですよ」
元武士「あと、明治政府は、外国と仲良くするために貴族の岩倉具視《いわくらともみ》さん……」
元農民「眉毛マロ人間ね」

元武士「薩摩藩出身の大久保利通《おおくぼとしみち》さん」
元職人「ヒゲ人間ね」
元武士「のちに初めての内閣総理大臣になる伊藤博文《いとうひろぶみ》さん」
元商人「ヒゲ人間2ね」
元武士「怒られますよ！　いくら身分が平等でも、変なあだ名つけないでください。それからヒゲ人間2は可哀そうです。雑です。せめて違うあだ名をつけてあげてください。あと長州藩出身の木戸孝允《きどたかよし》さん達が、実際に外国を訪問したんですよ。ただ薩摩藩出身の西郷隆盛《さいごうたかもり》さん」
元農民「ヒゲナシデブ人間」
元武士「土佐《とさ》藩出身の板垣退助《いたがきたいすけ》さん」
元職人「ヒゲ人間3」
元武士「ヒゲで判断しないでください！　3はほんとに、もう雑すぎます。で、この二人はいつも日本でお留守番だったせいで、実際外国を見てきた人と意見が合わなくなってきたんですよ」
元商人「ヒゲ生やすかどうかですか？」

元武士「違いますよ！　ヒゲ生やすかどうかは各個人の自由です。朝鮮をどうするかですよ。というのも、他の国に朝鮮を占領されることを恐れた日本は、朝鮮に『悪いようにはしないから開国しいや』とずっと言っていたのです。朝鮮を開国させようとする主張を《征韓論《せいかんろん》》というのですが、これは、その昔、高句麗《こうくり》・新羅《しらぎ》・百済《くだら》を三韓と呼んでたからですね。ところが、朝鮮は開国を断っていたんです」

元農民「イヤハセヨ」

元武士「そんな断り方はしないです！　西郷さんと板垣さんは武力で朝鮮を占領しようとする考え方の征韓論者だったんですが、外国を見てきた4人は、意見が違かったからです」

元職人「そんなことをしたら、他の国から目をつけられてボコボコにされるよ。外国はとてもストロング！　まあ実際外国見てない君たちには分からないと思うけど。イエス？」

元武士「万次郎さんはやめてください！　でも西郷さんと板垣さんは『ちょっと自分らとは考え方合わんから、こっちでやらしてもらうわ』と言って、明治政府を離れてしまうんですよ。明治政府はなんとか朝鮮を開国させ、清《しん》とも条約を結び、日本になるのは嫌ですと言っていた琉球《りゅうきゅう》に、沖縄という県を無理やり置いたのですよ（1879年　琉球処分）」

元職人「なんくるないさー」

元武士「怒られますよ！　また外国をいろいろ見てきた明治政府は、日本と外国の差はお金をもたらす経済力であると思ったんですよ」

元商人「だから集団で強盗を……」

元武士「だからしないです！　今まで幕府さんや藩が持っていた工場や造船所を、明治政府のものにしたんです。富岡製糸場など官営工場を造り、西洋人技師をやとい、留学生を派遣し、機械を輸入したりもしました。お金も円、銭、厘《りん》に統一して、国立銀行を造りましたし、銀貨と交換のできる兌換《だかん》紙幣である日本銀行券を造ったんですよ」

元農民「その銀行に、明治政府は強盗に……」

元武士「だから入らないです！　強盗から離れてください」

元農民・元職人・元商人、元武士から離れる。

元武士「……僕、強盗ちゃいますよ！　あと通信手段や交通手段も変わっていったんですよ。電信のネットワークも出来ましたし、鉄道も出来ました。人がものを直接運ぶ飛脚に代わって前島密《まえじまひそか》さんが頑張ってくれて、郵便事業も始めました」

元職人「あと冷やし中華も始めました」

元武士「あら、夏やね〜って、何言ってるんですか！　真面目にしゃべってください！　また、学問や思想の面でも欧米のものが取り入れられたんですよ。たとえば、自由と権利、個人の自立を尊重し、『学問のすゝめ』を書いた福沢諭吉《ふくざわゆきち》さん」

僕「1万円札の人ですね」

元武士「へえ〜……ってあんた誰!?　急にしゃべらないでください」

僕「すみません」

元武士「あと、中江兆民《なかえちょうみん》さんなどの思想家が活躍したんですよ。活版印刷が発達し、新聞がたくさん作られましたし。学制が施行され、全国に小学校が建てられ、義務教育が出来た」

元農民「起立」
元職人「礼」
元農民「着席」
僕「出席を取りまーす。元武士」
元武士「はーい！　ってあなた誰!?　だから急にしゃべらないで！　あと武士の見た目も変わったんですよ」
元農民「太ったんですよ」
元武士「そう。初めて食べた豚肉と牛肉が美味しくて……って違うわ！　ちょんまげ切ってざんぎり頭にしたんです。町中も変わっていきました」
元農民「レンガ造りの建物が建てられ、ランプやガス灯が取り入れられ、馬車や人力車が走るようになりました」
元職人「太陰暦に替わり、太陽暦が使われるようになりました」
元商人「しかし、日本の伝統的な文化がそこなわれるという傾向もありました。新政府が神道に宗教を統一しようとしたこともあり、仏像が焼かれるといったこともありました」

元武士「急に真面目！　全部合っていますよ。はい、このような世の中の動きを」

僕「《文明開化》っていうのですよ」

元武士「いいところ、持っていかないでください！　いいかげんにしないと刀で斬りますよ！」

元農民・元職人・元商人「刀無いやないかーい！」

元武士「廃刀令出されたんやった！　もうええわ」

クイズ大会　予選（日清戦争編）

明治時代になり、段々ややこしくなってきた。そろそろ理解出来なくなりそうな予感がしてきた。そこで僕はうってつけの賢い人に話をしてもらうことにした。

賢い4人に集まってもらうことが出来た。

僕「今日は慶應義塾大学創始者の福沢諭吉《ふくざわゆきち》さんと、早稲田大学創始者の大隈重信《おおくましげのぶ》さんと、のちの同志社大学を興した新島襄《にいじまじょう》さんと、京都大学を9年かけて見事卒業された宇治原史規さんに来てもらいました。よろしくお願いします。ではさっそくこの時代の講義をしてもらえますか？」

宇治原「この時代はですね」

僕「……おまえはいいから。宇治原は俺が分からない時に補足して。では大隈さんお願いします」

大隈さんの講義が始まった。

大隈さん「西郷《さいごう》さんと板垣《いたがき》さんは明治政府を去りましたね？　なぜかといえば二人とも明治政府に怒っていたのですよ。そして同じように明治政府を去った江藤新平《えとうしんぺい》さんが佐賀の乱を起こしたのちに西郷さんは政府に対して戦争を起こしました。この戦争をなんというでしょう？」

さすが早稲田大学の創始者だ。人に教えるのが上手い。学生参加型の講義だ。時給

2000円はもらえる講義だ。
僕が何戦争だったかなあ?……と思い出そうとしていると宇治原が叫んだ。

宇治原「西南戦争!」

いつものクセなのか宇治原が答えた。
僕は宇治原を窘《たしな》めた。

僕「……おまえは答えんでいいねん」
宇治原「ごめん。ついクイズやと思って『西南戦争!』って言ってしまった」
やはりクイズ大会だと思っているようだ。
大隈さんの講義が再開した。

大隈さん「正解です。続けましょう。明治政府を去ったもう一人の人物である板垣さんも腹を立てていました。というのも《五箇条《ごかじょう》の御誓文《ごせいもん》》を制定した時はみんなで話し合って決めるとなっていたのにごく一部の人で決めている状況になっていたからです。だから国などの決まりごとはごく一部の人だけではなく、選挙で選ばれた人たちが決めるべきだと主張しました。そしてある書類を提出しました」

宇治原「民撰議院設立《みんせんぎいんせつりつ》の建白書《けんぱくしょ》！」

僕「だからおまえは答えんでいいねん！」

宇治原「ごめん。つい」

大隈さん「正解です。では同じような考え方を持つ人たちの活動を」

宇治原「自由民権運動！」

僕「まだ問題も出てないやないか！」

宇治原「今のみたいな簡単な問題はこのタイミングで答えないと負けるで？」

僕「……誰に負けるねん！　俺しかおらんから」

宇治原「ごめん」

どうやら宇治原を呼んだのは大失敗だったようだ。宇治原には賢そうな人を見るとクイズで争うクセがあったということを忘れていた。

冷静に大隈さんが続けた。

大隈さん「正解です。板垣さんの自由民権運動での考え方に同調して周りも明治政府がおかしいよね？　という意見が多くなっていきました。だから、天皇のもとで憲法を守って良い国にしようという、すなわち、専制君主制とは違って、憲法や法律を大切にしながら、君主を立てるという体制が」

福沢さん「立憲君主制！」

大隈さん「正解です。その体制について定めた憲法を」

新島さん「大日本帝国憲法！」

大隈さん「正解です。僕はイギリスに留学に行ったのでイギリスの憲法を真似する方が良かったのですが、結局、皇帝の権利が強いドイツの憲法を真似した憲法が出来ました。この憲法により天皇は陸軍・海軍を自由に出来る統帥権《とうすいけん》を持つことになりました」

自分以外が正解を出したことに悔しがる宇治原。

いつのまにかクイズ大会になっていた。やはり賢い人はクイズが好きなようだ。僕にはまったく入っていけない世界だ。

いつのまにか完全に司会者をきどっている大隈さんが続けた。

大隈さん「そして大日本帝国憲法のもと帝国議会が開かれることになりました。帝国議会には2つの院がありました」

3人の空気は、さっきとは変わっていた。あるはずの無い赤いボタンが僕にははっきり見えた。本格的にクイズ大会が始まりそうだ。

大隈さん「貴族の中から選ばれ解散が無く選挙が無い院を……」

宇治原「貴族院！」

大隈さん「ですが……」

悔しがる宇治原。クイズで間違えた時によく見る無様な顔だ。

大隈さん「国民の選挙がある院を……」
福沢さん「衆議院！」
大隈さん「ですが……」

悔しがる福沢さん。1万円札をくしゃくしゃにしてから広げた時の顔に似ていた。

大隈さん「衆議院議員を選ぶ選挙を」
新島さん「衆議院議員総選挙！」
大隈さん「ですが」

悔しがる新島さん。

残念ながら僕は新島さんのことはあまりよく知らなかった。この時の新島さんの表情はサラリーマンが電車で寝てしまい、自分の降りたい駅を乗り過ごしてしまった時の表情に似ていると思った。

大隈さん「その選挙で過半数を占めた政党は板垣さんの何党と僕の何党でしょう？」

みなが一斉に僕を見てきた。

え？　僕？

僕以外は一度ずつ間違えたので、どうやら僕しか解答権がないようだ。僕の知らない間に暗黙のルールが出来上がっていた。

分からない。分かるはずが無い。分からないから4人を呼んだのだ。やはり宇治原を呼んだのが大失敗だった。こうなればボケるしかない。

僕は勇気を振り絞り叫んだ。

僕「甘党と辛党!!」

滑った。

これ以上無いくらい滑った。

宇治原を見た。クイズを間違えたことをまだ悔しがっていた。まったくつっこんでくれる気配が無かった。宇治原はクイズになるとツッコミを放棄することをすっかり忘れていた。

司会者きどりの大隈さんが続けた。

大隈さん「違います。板垣さんが自由党で僕が立憲改進党です」

僕の渾身《こんしん》のボケはスルーされ、冷静に間違いを正された。僕がたまにクイズ番組に出演した時にされる扱いをそのまま されたた。

新島さん「そうでしたね。そういえば妻が、税金を15円以上払った満25歳以上の男子しか選挙権が与えられていないことに怒っていましたよ」

新島さんの奥さんのことはよく知っていた。大河ドラマを見ていたからだ。チャンス到来だ。僕は咄嗟《とっさ》に叫んだ。

僕「新島八重《やえ》さん！」

新島さんが不思議そうな顔で僕を見た。

新島さん「……妻と知り合いですか？」

僕「……今のはクイズじゃなかったんですね。すみません」

「司会者は僕だから。僕が問題を出すから」と言わんばかりの顔で大隈さんが続けた。

大隈さん「菅さんいいですか？　話を戻します。このように、いろいろな運動や活動がありましたが、結果的に内閣を2つの藩が占めることになりました」
宇治原「薩摩《さつま》藩と長州《ちょうしゅう》藩！」
大隈さん「正解です」

正解が出てホッとしている自分がいた。また3人が間違えて僕が答える順番になってしまったら「おけいはんとフビライ・ハン」と答えて滑っていただろう。

司会者きどりの大隈さんが続けた。

「ここからは上級問題です。1問2ポイントです」

どうやら今までは基本問題で1問1ポイントだったようだ。

「憲法が出来て帝国議会が開かれ、ある程度日本はまとまることが出来ました。さあ次は外国との勝負になっていきます。他のアジアの国々は欧米の植民地になっていましたね？　日本は明治維新によって植民地になることは無かったのですが不平等条約を結ばされていました。不平等条約を結ばされているのに欧米と対等に勝負していくのは土台無理な話です。だからなんとかして改正したかったのです。

その不平等条約は、①輸入品の関税を決められないこと、②外国人が日本で犯罪をしても日本の法律で裁くことが出来ないことの2つです。この不平等な2つを変えたいと日本は思っていました」

みなお手つきを恐れて慎重になっていた。

平成のクイズ王が勝負に出た。宇治原が口を開いた。

「関税自主権と領事裁判権！」

悔しがる福沢さんと新島さん。

どうやら正解のようだ。

司会者きどりの大隈さんが続けた。

「正解です。関税を自分たちで決めることが出来る《関税自主権の確立》と、外国人が日本で犯罪をしても日本の法律で裁くことが出来る《領事裁判権の撤廃》をめざし、外務大臣を中心に交渉を始めました。でも当初は外国人を裁判官にするなどの条件つきの改正だったので国内で反対意見も多くてなかなか改正が進みませんでした。その頃、日本は外国にどのような態度を取っていたのでしょうか？

1886年にノルマントン号事件が起きます。イギリスの船が沈没した時、船長がイギリス人は助けたのに日本人を見殺しにした事件でした。この事件においては領事裁判権によって船長を日本で裁くことが出来ずにその船長は軽い罪になったので、これをきっかけに条約改正を求める声が大きくなったのです」

宇治原を見た。宇治原は「それ、知ってるよ」という顔をしていた。

司会者きどりの大隈さんが続けた。

「その後、ロシアがアジアに進出するのを恐れたイギリスが改正に応じました。ロシアが急激にアジアに近づいてきたからです。そして領事裁判権の撤廃と関税自主権の回復に成功しました」

福沢さんが叫んだ。

「１８９４年に陸奥宗光《むつむねみつ》さんが領事裁判権の撤廃と１９１１年に小村寿太郎《こむらじゅたろう》さんが関税自主権の回復に成功した！」

悔しがる宇治原と新島さん。

どうやら正解のようだ。

司会者きどりの大隈さんが続けた。

「正解です。では最終問題です。上位２名が決勝進出です。最終問題は１００ポイントです」

どうやら決勝があるということは、今やっているのは予選だったようだ。最終問題のポイント量に対して一同こけることも無く問題に耳を傾けていた。

司会者きどりの大隈さんが続けた。

「朝鮮を開国させた日本は、朝鮮を属国としていた清《しん》と対立していました。朝鮮で甲《こう》午《ご》農民戦争と言われる反政府の反乱が起こる（東学党《とうがくとう》の乱とも言われている）と、日清両国が兵を出しました。両国とも朝鮮を支配したいからです。領事裁判権の撤廃に成功していた日本はイケイケだったのでついに清との戦争が起こりました」

新島さんが叫んだ。

「１８９４年の日清戦争!!」

司会者きどりの大隈さんが続けた。

「ですが……」

新島さんが悔しがった。

司会者きどりの大隈さんが続けた。

「その日清戦争において欧米の予想を裏切り日本は大国の清に勝ちました。日清戦争で勝った日本は、自国にとって有利な条約を清と結ぶことになります。条約を結ぶ場所は負けた清が日本にまで出向かなければならなかったのですが、その場所からこの条約を」

宇治原が叫んだ。

「下関条約《しものせき》！」

司会者きどりの大隈さんが続けた。

「ですが……」

宇治原が悔しがった。

司会者きどりの大隈さんが続けた。

「勝った日本が清に要求したことはいくつかあります。朝鮮を独立させること（それまで清の属国だったがこのことにより朝鮮は大韓帝国《だいかんていこく》となる）。お金を2億テール（清の通貨）渡すこと。清の港を使わせること。そして台湾と」

福沢さんが叫んだ。

「遼東《りょうとう》半島を渡すこと！」

少しの沈黙があり大隈さんが続けた。

「ですが……」

福沢さんが悔しがった。１万円札をくしゃくしゃにしてから広げた顔に似ていた。

やばい。また僕しか残っていない。

司会者きどりの大隈さんが続けた。

「その遼東半島を清に返せと言ってきた国は」

僕は思った。最悪だ。分かるわけが無い。

司会者きどりの大隈さんが続けた。

「日本のアジア進出を警戒していたのはロシアでした。フランスとドイツも同じ意見でした。これを三国干渉といいますか？」

僕は答えた。

「……はい」

名司会者きどりの大隈さんが叫んだ。

「正解です！　決勝進出は菅さんと宇治原さんです。おめでとうございます。これからも日本史の勉強頑張ってください」

うらやましそうな福沢さん。１万円札をくしゃくしゃにして広げた顔に似ていた。

うらやましそうな新島さん。ランチに行ったサラリーマンが隣の人の食べている定食にした方が良かったかもと思った時の顔に似ていた。

クイズ大会　決勝（日露戦争編）

よく分からないクイズ大会で決勝まで進出してしまった。

司会者きどりの大隈《おおくま》さんが宇治原に話しかけた。

「さあ。決勝です。宇治原さん。今の気持ちを」

宇治原が慣れた感じでしゃべり始めた。

「そうですね。福沢《ふくざわ》さんは慶應義塾、新島《にいじま》さんは同志社の創始者ですが、僕も京大の代表ということで負けるわけにはいきませんでした」

慣れている！　1つも面白みは無いが確実に番組で使われるコメントだった。

司会者きどりの大隈さんが僕に話しかけた。

「さあ。菅さん。今の気持ちを」

慣れていない。クイズ番組も数えるほどしか出たことがないし、ましてやどのクイズ番組でも決勝に進んだことなど無かったからだ。

僕はなんとか答えを絞り出した。

「……大阪府立大学の創始者として頑張ります」

……滑った。

どうやら不正解のコメントのようだ。

宇治原を見た。まったくつっこむそぶりが無かった。

またもや宇治原がクイズ番組の時はツッコミを忘れることを忘れていた。

宇治原はいつ用意したのかMY赤いボタンを磨いていた。

司会者きどりの大隈さんが口を開いた。

「問題です。日清戦争のあと、政府は清《しん》からもらったお金を軍や産業などに使い、これに賛成する国民から選ばれた政党が政府と仲良くなり始めました。中でも、進歩党と自由党が力を伸ばし、この二党が合同して政党を作りました。なんという政党でしょうか？」

宇治原が答えた。

「憲政党《けんせいとう》！」

速い！

とんでもなく速い！

ただ僕は答えが分からないので速さは関係なかった。どれだけ遅くボタンを押しても速く押しても、僕は分からないので一緒だった。まず僕はボタンを持っていない。

司会者きどりの大隈さんが口を開いた。

「正解です！　伊藤博文《いとうひろぶみ》さんは進歩党の指導者だった僕と自由党の板垣退助《いたがきたいすけ》さんに日本で最初の政党内閣を作らせました。俗に言う何内閣でしょう？」

宇治原が答えた。

「隈板《わいはん》内閣！」

速い！

急に宇治原が答え以外のことを叫んだ。

「クイズ戦隊ウジハライダー。地球上の問題は全て俺が解く！」

そう言うと、宇治原はMY赤いボタンをおもむろに胸につけ出した。

どうやら宇治原は新しいクイズのキャラを模索しているようだ。このキャラはクイズのヒーローの設定のようだ。クイズ番組は子供がよく見ているので、子供が好きなヒーローの設定にしたのだろうか。流行《はや》らない匂いがプンプンした。

司会者きどりの大隈さんが続けた。

「正解です！　そのあと憲政党が分裂して内閣が崩壊しましたが、もはや政党を無視して政治を行うことは出来ないほど帝国議会での力が強くなっていきました。伊藤さんは憲政党をもとにして……」

宇治原が答えた。

「立憲政友会《りっけんせいゆうかい》！」

司会者きどりの大隈さんが口を開いた。

「正解です！　立憲政友会は戦前の議会における、日本最初の本格的な政党政治を行うことになります。しだいに伊藤さんや山県有朋《やまがたありとも》さん、松方正義《まつかたまさよし》さんといった明治維新から活躍していた政治家は第一線から退いていきますが、天皇の相談役になって次の首相について相談したり、政策に関与することが出来るくらいの絶大な権力を持ったままでした。彼らの就いていたこの役職を」

宇治原が答えた。

「元老！」

司会者きどりの大隈さんが続けた。

「これは昔のどの形に……」

宇治原が答えた。

「院政に似ている！」

とにかく速い。

どうやら宇治原は半押しをしているようだ。

宇治原が急に叫んだ。

「説明しよう。半押しとはボタンを速く押すために、ボタンが鳴るか鳴らないかのギリギリのところまでボタンを押し込んでおくワザのことである」

僕はクイズの答えが分からないので、まったく意味の無いワザであることだけは確かだ。そもそも僕はMYボタンを持ってはいない。

司会者きどりの大隈さんが続けた。

「正解です！　さて明治維新からこの頃までの間に、産業も様々な変化を遂げてきました。綿糸を生産する紡績業や、生糸を生産する製糸業が発達し、輸出が飛躍的に伸びました。ただ……」

宇治原が答えた。

「農村の近代化は遅れ、綿花の輸入が増えたこともあり、土地を手放す農民が増えた。地主が土地を買い、小作人に貸すという形が増えていった！」

司会者きどりの大隈さんが続けた。

「正解です！　そして清との戦争のあと、『やっぱり戦争には鉄やで』となり……」

宇治原が答えた。

「下関《しものせき》条約の賠償金で八幡《やはた》製鉄所を造った！」

司会者きどりの大隈さんが続けた。

「正解です！　造船所なども出来、重工業も急速に発展しました。そうなるといろいろな問題が起こりました。それは……」

宇治原が答えた。

「短い期間で急激に産業が発達したことにより格差の問題が起こった！　あと公害問題も起きた！」

司会者きどりの大隈さんが続けた。

「正解です！　足尾《あしお》銅山の鉱毒が川に流れ込み大きな被害が出ました（足尾銅山鉱毒

事件）。地元の代議士である田中正造《たなかしょうぞう》さんが対策を政府に訴えました。正造さんは誰に似ている？」

宇治原が答えた。

「いかりや長介さん！」

司会者きどりの大隈さんが続けた。

「正解です！　こういう問題に対抗して、労働運動や社会主義運動も起こりました。天皇の暗殺を企てたとして処刑されたのは？」

宇治原が答えた。

「幸徳秋水《こうとくしゅうすい》さん！」

司会者きどりの大隈さんが続けた。

「正解です！　こういった反政府運動の取り締まりを強化する法律も作られました」

宇治原が答えた。

「治安警察法！」

宇治原が叫んだ。

「学問の神様！　菅原道真《すがわらのみちざね》降臨！」

なんだこれは？　よく分からないがこのクイズヒーローは正解を出すと学問の神様と言われている菅原道真さんが降臨する設定になっているようだ。

司会者きどりの大隈さんが続けた。

「正解です！　文化の面でも欧米の近代文化を急速に取り入れていきました。ではフランスの思想家のルソーが唱えた社会契約論を日本語に訳して紹介し、自由の思想を広めたのは？」

宇治原が答えた。

「中江兆民《なかえちょうみん》さん！」

司会者きどりの大隈さんが続けた。

「正解です！　ちなみに社会契約論というのは？」

宇治原が答えた。

「人間は生まれながらにして自由で平等であり、個人相互が契約を結んだのが国家であるという考え方！」

まったく意味が分からなかった。フランス語をしゃべっているのかと思った。

司会者きどりの大隈さんが続けた。

「正解です！　では最初は平民の側から欧米化を進めようという平民主義を唱えていたが、日清戦争後に受けた三国干渉の影響で、国民の利益よりも国家の利益を優先させる国家主義を唱えたのは？」

宇治原が答えた。

「徳富蘇峰《とくとみそほう》さん！」

司会者きどりの大隈さんが続けた。

「正解です！　では宗教の問題です。天理教などの教派神道（新たに生まれ、政府から公認された宗教）が広まり、また仏教界もたちなおりを見せ始めました。では明治になって解禁になった宗教は？」

宇治原が答えた。

「キリスト教！」

司会者きどりの大隈さんが答えた。

「正解です！　では教育はどうなった？」

宇治原が答えた。

「国家主義的な学校令や教育勅語《きょういくちょくご》などが定められた！」

宇治原が叫んだ。

「うわあ！　ボタンを押す右手が止まらない！　答えが勝手に浮かんでくるぜ！」

どうやらこのクイズヒーローは、菅原道真さんが降臨すると答えが勝手に浮かんでくる設定のようだ。

怖い。本当に怖い。早く決勝が終わってくれやしないだろうか？

司会者きどりの大隈さんが続けた。

「正解です！　時代を日清戦争後に戻します。１８９９年に義和団《ぎわだん》事件と呼ばれる事件が清で起きました。清から外国人を追い出そうとする事件です。そして１９００年には清は欧米諸国に宣戦布告し戦争状態になるが負けてしまい北京《ペキン》議定書と言われる不利な条約を結ばされることになります。そして満州（今の中国の東北部）をある国が支配しようとしました」

宇治原が答えた。

「ロシア！」

司会者きどりの大隈さんが続けた。

「正解です！　そしてロシアに腹が立っていた日本は戦争を起こしました」

宇治原が答えた。

「日露戦争！」

宇治原が叫んだ。

「今日は問題が止まって見えるぜ！」

どういうことだろうか？

野球では調子の良い打者が「ボールが止まって見える」と言うがそれにかけているのだろうか？　ただ僕は動いている問題を見たことは無かった。

司会者きどりの大隈さんが続けた。

「正解です！　1902年に日英同盟を結びイギリスを味方につけた日本はまたもや欧米の予想を裏切り、日露戦争に勝ちました。そしてアメリカのルーズベルトさんにお願いしてロシアとの間に講和条約を結ぶことに……」

宇治原が答えた。

「ポーツマス条約！」

司会者きどりの大隈さんが続けた。

「正解です！　ポーツマス条約は小村寿太郎《こむらじゅたろう》外相とロシアのヴィッテとの間で交わさ

れました。南満州鉄道の一部と南樺太《からふと》を手に入れたりと日本に有利な条約だったのですが、賠償金がもらえなかったため『圧勝やって言っていたのになんでやねん！』と日本国内で暴動が起こりました。その事件を？」

宇治原が答えた。

「日比谷焼打ち事件！」

司会者きどりの大隈さんが続けた。

「正解です！　これが都市民衆運動の始まりとなり大正デモクラシーと言われるものになっていきます。ただ日清戦争から日露戦争と日本が清だけではなく、ロシアも倒したことは欧米に衝撃を与えました。日本は列強の植民地政策を真似て、アジアで勢力を拡大し、１９１０年に韓国を植民地化しました。これが韓国併合と言われるものです。これに反発した韓国の民族活動家の安重根《あんじゆうこん》が前韓国統監（韓国に置かれた日本のえらいさん）を暗殺しました」

宇治原が答えた。

「伊藤博文《いとうひろぶみ》さん！」

司会者きどりの大隈さんが続けた。

「正解です！　優勝は宇治原さんです！」

宇治原が叫んだ。

「解けない問題が無い。それが俺の問題だ！」

おまえがいちばん問題だと僕は思った。

ビール飲みながらソーセージが食べたい

1912年に明治天皇が崩御し、大正天皇が即位すると大正時代になった。

大正デモクラシーと呼ばれる民主主義の実現が叫ばれるようになり、吉野作造《よしのさくぞう》さんが「政治は国民のためにやるものである」という民本主義を唱え、美濃部達吉《みのべたつきち》さんが天皇機関説を唱えた（君主は国家の最高機関です、という憲法学）。

一方ヨーロッパでは、イギリスとドイツを中心に植民地争いが行われていた。

そして1914年に事件が起こる。

オーストリアの皇太子が、当時オーストリア領であったサラエボを視察していたところをセルビア人の青年に殺されてしまうのだ。怒ったオーストリアはセルビアに宣戦布告をすることになる。

この戦争の流れに乗り、第一次世界大戦が勃発《ぼっぱつ》する。

《ドイツ・イタリア・オーストリア》の三国同盟と、《イギリス・フランス・ロシア》の三国協商の争いだ。

その時日本はどうしたのか？

日本はイギリスと日英同盟を結んでいたので戦争に参加した。しかもヨーロッパで戦うのではなく、中国にあるドイツの基地を攻撃したのだ。ヨーロッパが主戦場なのでガラガラの状態の中国で日本は勝利し、中国に対して二十一カ条の要求を出した。

そして、第一次世界大戦は、日本やのちのアメリカの参戦であっけなく幕を閉じた。

こうして、3対3の均衡が崩れてしまう。お昼休みに同級生同士で3オン3のバスケをしていたのに、どちらかのチームにバスケ上手な留学生が一人入ったみたいな感じだ。大差になるのは目に見えていた。

そして《イギリス・フランス・ロシア》の三国協商が勝利を収める。

こうして第一次世界大戦が終わると、これからの国同士のルールを決めようということで「国際連盟」が作られた。

僕はその翌日にタイムマシーンを合わせると、ドイツのえらいさんの家に忍び込んだ。

大学でドイツ語を選択していてよかった。えらいさんがロンリートークをしていたからだ。

ドイツのえらいさん（日本語訳　菅広文）

「あーあー。やっぱり呼ばれへんかったなあ。戦争負けたもんなあ。負けた国は呼ばれへんわなあ。嫌やなあ。あービール飲みたいなあ。ビール飲んで酔ってから行ったらよかったなあ。でもビール飲んでから行ったことが分かったら怒られたやろなあ。まあどっちにせよ、怒られるならビール飲んでから行ったらよかったなあ。

でも戦争するんじゃなかったなあ。ドイツとオーストリアとイタリアと同盟組む時に、三国同盟って名乗ったとこからもうあかんかったんかなあ。ネーミングが安易やったかなあ。同盟って普通やもんなあ。やっぱりロシアとフランスとイギリスの三国協商の方がネーミングカッコいいもんなあ。協商ってカッコいいもんなあ。

同盟！

協商！

……名前で負けてるわ。なんで協商思いつけへんかったんやろ。ネーミング決めた時ビール飲んでたんかなあ。将来的に、三国同盟のことを『ドイツがオイタした同盟』って覚えられるかもなあ。恥ずかしいなあ。でもオイタしたもんなあ。三国協商はどう覚えられるんかなあ。勝ってるからカッコいい覚え方やろなあ。なんやろ？

……全然思いつけへんなあ。ビール飲んでしまったからなあ。ビール飲んだらなんにも思いつけへんなあ。

あーでも戦争するんじゃなかったなあ。オーストリアの皇太子が暗殺されへんかったらなあ。それで戦争なったからなあ。あの時カッとなれへんかったらなあ。初めはいける思ったんやけどなあ。

それはともかく、急に日本が参戦したのは引いたなあ。あれで状況変わったもんなあ。日露戦争辺りから、日本はイギリスと仲良かったらしいねんなあ。言うといて欲しかったわあ。

『2つ以上の国を相手にする時は一緒に戦ってね！』って約束してたっていうけど、そんなん知らんかったなあ。引くわあ。島国同士は気が合うねんやろなあ。食べてる

もの も似てるんやろうし。ソーセージ食べるんかなあ。ソーセージ旨《うま》いからなあ。あーーソーセージ食べたい！　ビール飲んでソーセージ食べたい！

そういえば日本もこっち来るか思ったら、中国攻めたのにはびっくりしたなあ。そら日本勝つわなあ。みんなこっちで戦ってるんやから。敵少ないもんなあ。日本賢いわあ。どこで戦うか決めた時、日本はビール飲んでなかったんやろなあ。日本は中国にいっぱい要求したらしいなあ。21個も中国に要求したらしいしなあ。20個やったらきりがいいのに21個やもんなあ。どうしてもあと1個要求したいことがあったんやろなあ。なんやろなあ？　どうしても要求したいこと。

……全然思いつけへんわ。ビール飲んだらなんにも思いつけへんわ。

ロシアにも引いたなあ。急に資本主義から社会主義に変わったもんなあ。そら資本主義の国は怒るわなあ。自分の国の否定になるからなあ。シベリアえらいことなったもんなあ。

シベリアの氷が溶けるくらい人集まったもんなあ。

そうや。思い出した！　日本では戦争が悪化して、商人が米買い占めて、米の値段上がったんやった！

うわあ。もう日本行かれへんわ。米買うのは主婦やから主婦めっちゃ怒ったらしいもんなあ。米屋襲ったらしいもんなあ。普通、米屋襲う？　こっちで言うところのソーセージ工場を襲うことと一緒やろ？　普通、ソーセージ工場襲う？　日本では米騒動っていうらしいもんなあ。こっちで言うたら、ソーセージ騒動やもんなあ。引くわあ。

首相が、寺内正毅《てらうちまさたけ》さんから、責任取って原敬《はらたかし》さんに代わるくらいの騒動やったらしいしなあ。引くわあ。もし日本行った時ドイツ人ってばれたら『こいつらのせいで米の値段上がったのよ！』って言われて、主婦に襲われるやろなあ。主婦に襲われるの嫌やわあ。

そん時はドイツ人騒動って言われるんかなあ。恥ずかしいわあ。

あ、それよりアメリカがいちばん引くわ。3対3で良い感じで戦ってたのに急に参戦しやがったからなあ。まあうちが攻撃したイギリスの船にアメリカ人が乗ってたから腹立ったんやろなあ。モンロー大統領キレてたもんなあ。4対3なったら負けるわ。そら負けるわ。パリに呼び出されてめちゃくちゃ言われたなあ（パリ講和会議のベルサイユ条約）。向こうはため口でこっち敬語やったもんなあ。こっちは負けたからしゃーないけど。お金めちゃくちゃ払うことなったしなあ。あれビールやったらどれくらい買えるやろ？

あと、今までの領土は没収されたしなあ。

戦争出来ないように徴兵制も禁止されたしなあ。

あの時は怖かったなあ。みんな目がマジやったもんなあ。

あ、そうや。日本も大変らしいからなあ。韓国が『ニホンカラドクリツスルハセヨ』って言って《三・一独立運動》起こしたらしいし、中国が『二十一カ条の要求おかしいあるよ？』って言って《五・四運動》が起こったらしいもんなあ。

それにしても昨日は国際連盟作る時アメリカめちゃくちゃ言うたらしいからなあ。『途中から参加してみて思ったけど、みんな強くなりすぎてない？　このまま喧嘩《けんか》したらえらいことなるから国際連盟作って戦争のルール決めへん？　あ、でもうちは国際連盟には入らないけどね』って言ったらしいからなあ。『入らへんのかーい！』って誰かつっこんだかなあ。でもアメリカにつっこむの怖いやろからなあ。誰もつっこまんかったやろなあ。ソ連も社会主義国やから、入らないやろなあ。

でも国際連盟って意味あんのかな？　だって何か決める時は全員一致で決めなあか

んみたいやし、武力を使われへんみたいやし。

ああ、日本はいいなあ。この戦争でヨーロッパの工場壊れたから日本の輸出が増えて大金持ちの人増えたらしいやん。今や成金言われてるみたい。日本行ってビールおごってもらおかな。でもやっぱり主婦おったら怖いからやめとこかなあ。

よし！

次なんかあったら日本と組めばいいねん！　組んだ時の名前何にしよかな。……あかん。全然思いつけへんわ」

ドイツのえらいさんのロンリートークもエンドレスだった。

宇治原に急《せ》かされ、次の時代に向かうことにした。

宇治原が会いたいその人物に会うために。

先祖代々の……

今度は宇治原と一緒にタイムマシーンに乗っていた。

宇治原が会いたいという人に会いに行く前に、第一次世界大戦から第二次世界大戦までの流れを説明してもらうことにした。

「第一次世界大戦はヨーロッパが戦場やったから、土地が荒らされてヨーロッパの農場や工場が使えなくなった一方で日本からの輸出が増えて、日本は好景気になって成金と呼ばれる大金持ちがたくさん現れてん。でもヨーロッパの復興が進むと日本から輸出する必要が無くなるから、今度は日本の工場とかがつぶれて日本は不景気になってん。そうなると働いていた人は怒るやん？」

教科書を読んだ記憶を引っ張り出し、灯《あか》りをつけるためにお札に火をつけた風刺画が載っていたなあ……というのを思い出した。

僕の先祖が成金だったらどうしていただろうか？　たぶん紙幣に火をつけたはいいが、もったいなくなってすぐに消したのではないだろうか？

話を元に戻そう。

上の人はそんなめちゃくちゃなことをしていたのに自分達が働いていた場所が無くなったら、誰だって怒るだろう。

宇治原が続けた。

「だからこの頃から、日本では労働運動が盛んになるねん。働く人は自分達の権利を守ろうとするやん。メーデーが出来たのもこの時やねん。ほんで女性が自分達の権利を主張し始めたのもこの頃で、平塚《ひらつか》らいてうさんや市川房枝《いちかわふさえ》さんも婦人参政権を実現しようと……」

宇治原は話を中断して、ある人物を見つめた。どうやら宇治原は、会いたい人物を見つけたようだ。

僕はたいして会いたくなかったのだが、これは宇治原が僕とのクイズ大会で優勝したご褒美《ほうび》だと考えようと割り切った。

宇治原の会いたい人物は誰か。

宇治原のお父さんのお父さんだ。つまりおじいちゃんに会いたかったみたいだ。だから僕たちは、宇治原の田舎がある滋賀県の彦根《ひこね》にタイムマシーンで向かっていたのだ。

宇治原のおじいちゃんはすぐに見つかった。

宇治原そっくりの若者が、田畑を耕していたからすぐに分かった。年も宇治原と同じくらいだ。

どこがそっくりだったのか？

宇治原と同じように見事に目が窪《くぼ》んでいたのだ。それはそれは見事に目が窪んでいた。芸術的に窪んでいた。先祖代々の目窪みだ。

宇治原が宇治原のそっくり目窪み青年に話しかけた。

「おじいちゃん」

目窪み青年は一度辺りを見渡し、不思議そうな顔で自分を指さした。

宇治原が嬉《うれ》しそうに叫んだ。

「フミノリです！」

すると宇治原のおじいちゃんは、当然と言うべき反応を示した。

「はい？　ケンカ売ってるの？　あんたの方が老けてるで」

そりゃそうだ。同じような年齢の青年からおじいちゃんと呼ばれたら、誰でもこのような反応になるだろう。たとえ同じように目窪みであったとしても。

宇治原が必死にタイムマシーンに乗っておじいちゃんに会いに来たことを説明した。

宇治原のおじいちゃんはまったく納得していなかった。すごい疑っている。孫を見る目ではなかった。赤の他人の目窪みを見る目だった。

宇治原そっくり目窪み青年が宇治原に当然の質問を投げかけた。

「あなたが私の孫である証拠はあるんですか?」

僕は思った。

「頑張れ宇治原!　なんとか証拠を出すんだ!　とりあえずお父さんの名前を言うんだ!」

おじいちゃんの反応が思った感じではなかったのだろう、テンパった宇治原が叫んだ。

「同じように目窪みです!」

一瞬の沈黙があり、宇治原のおじいちゃんは背中を向け立ち去ろうとした。関わるのをよそうとしたのだ。変な人に絡まれた時に一般的にする、賢明な判断だ。

宇治原が宇治原のおじいちゃんの背中に叫んだ。

「あなたの子供も目が窪みます!」

宇治原のおじいちゃんが振り返った。

怒っている。明らかに怒っている。宇治原が芸人になると聞いた時と同じくらいに怒っている。

「うちの子供は目が窪んでない！」

宇治原のおじいちゃんの怒声が辺り一帯に響き渡った。

すると宇治原がそれに負けないくらいの声で叫んだ。

「そのうち窪みます！」

二人のやりとりを聞いていた僕は思った。

「……何これ？」

一瞬の出来事だった。

宇治原のおじいちゃんが宇治原を殴った。生まれて初めて僕は孫を殴るおじいちゃんというものを見た。孫は目に入れても痛くないというが、目が窪んでいる場合は痛いみたいだ。

可哀そうな宇治原。かける言葉が見当たらなかった。

宇治原のおじいちゃんは、倒れた宇治原を振り返ることもなく、その場を立ち去った。宇治原が左の頬を摩《さす》りながら起き上がった。

なんて声をかけてあげればいいのか分からないまま立ちすくんでいると、宇治原から話しかけてきた。

「どこまで勉強したんやった？　婦人参政権やっけ？　あれから日本は大変やってん。まず1923年に関東大震災が起こったし。ほんで首相も何人か変わってん。憲政会《けんせいかい》の加藤高明《かとうたかあき》さんが首相になってから日本がおかしくなっていくねん。1925年に《普通選挙法》が出来たんやけど、全然普通ちゃうかったんやで。選挙権を持ってるのは25歳以上の男だけやし、しかもあれだけ婦人参政権と言ってたのに女性は選挙権無かってん。これのどこが普通やねんな？　なぁ？　なぁ？」

僕は思った。

「え！　もしかして宇治原はおじいちゃんに会ったことを無しにしようとしてる？　え！　いやいや殴られてましたけど！　僕見てましたよ！」

可哀そうな宇治原。持っている知識を必死で絞り出し、懸命に僕の気を引こうとしていた。

「ほんでめっちゃ怖い法律が出来てん。それが1925年の《治安維持法》。治安を維持するなんて名前やから良い法律に聞こえるやろ？　違うねん。逆に治安を維持するためには何してもいいよっていう法律やねん。めっちゃ怖いやろ？　なぁ？　なぁ？」

今僕に出来ることは、なぁ？　なぁ？　に合わせて相槌《あいづち》を打つことのみだ。

「関東大震災があって日本は不景気なったやんか。世界も大変になるねん。アメリカの証券取引所で株がめっちゃくちゃ下がって不景気なるねん。それが世界恐慌な。不景気を避けるために各国が様々な対策するねん。まずアメリカはルーズベルト大統領がニューディール政策をしてん。雇用を増やすために公共事業を作ったりしてんやんか。イギリスとフランスはブロック経済といって他の国からものを買わないようにしてん。ドイツとイタリアは、ファシズムといって自分の国の領土を広げるために海外に進出しようとしてん。ソ連は社会主義になってたからあんまり影響なかってん。結局、不景気なると、戦争につながるねんな。いろいろな国との関係がおかしくなっていくねん。

特に中国な。すごい反日デモが起こったりしたからな。中国におる日本の陸軍の関東軍が南満州鉄道を自分達で破壊して、中国と戦争するねん。満州事変な。なかなかのやり方やろ？　なぁ？　なぁ？」

今までもこれからも僕に出来ることは、宇治原の「なぁ？　なぁ？」に合わせて相槌を打つことのみだ。

「日本の政治もめちゃくちゃなるねん。この時の首相だった犬養毅《いぬかいつよし》さんが海軍の青年将校に殺される五・一五事件が起こるねん。話せば分かるのに。こっから日本の政治は軍が支配してまうねん。しかも陸軍・海軍がそれぞれ自分の軍の利益のために行動するねん。今度は陸軍がその時の首相の岡田啓介《おかだけいすけ》さんや蔵相の高橋是清《たかはしこれきよ》さんや斎藤実《さいとうまこと》さんを襲撃する二・二六事件が起こるねん。陸軍の言い分は『天皇を利用して悪い政治してるやろ』やねん」

宇治原の知識が止まらない。おじいちゃんに殴られたことを忘れるために必死でしゃべっている。

「あ、ほんで満州に話戻すけど、そら一方的に武力行使されたら腹立つやんか。だから中国は国際連盟に日本を訴えてん。国際連盟はリットン調査団を結成して現地に派遣して調べるねん。国際連盟側も日本のことを良く思ってなかったから、日本に満州から撤退するように要求してん。日本どうしたと思う？」

僕が答える前に宇治原がしゃべり出した。

「国際連盟を脱退してん。もう完全に軍が政治を仕切ってるから軍縮なんてありえなくなってるし、戦争が行われているヨーロッパの組んだらあかん国と組んでまうねん。

どこやと思う?」

またまた僕が答える前に宇治原がしゃべり出そうとしたその瞬間。

宇治原のおじいちゃんが現れた。

そして叫んだ。

「ドイツとイタリア!」

宇治原のおじいちゃんがクイズに炙《あぶ》り出された結果だ。

僕は思った。

「えーー。先祖代々どんだけクイズ好きやねん!」

宇治原が泣きそうになっているが僕にはその感情はまったく理解できなかった。

「正解です! 日本が国際連盟の決定を無視して満州から撤退しないから、中国が日本に怒って戦争になりますね。中国はその当時、国民党の蔣介石《しょうかいせき》と共産党の毛沢東《もうたくとう》が争ってたんやけど日本を倒すために手を組んだ(国共合作。悟空とベジータが手を組んで魔人ブウに挑んだ感じ)。もちろん僕のおじいちゃんなら分かると思いますが、これで日本と中国の間に起こったのはなんという戦争でしょう?」

宇治原のおじいちゃんが答えた。

「日中戦争！」

おじいちゃんの反撃が始まった。

「ドイツが中国と日本が仲良くなるような機会を作ったんですけど、日本が自分達に都合がいい要求ばかりするからまとまりませんでした。中国も強気やったからね。俺の孫なら分かると思うけど、なんで中国は強気だったのでしょうか？」

宇治原が答えた。

「アメリカとソ連とイギリスが中国の味方してたから。そしてアメリカは日本に経済制裁するんですよね？」

頷《うなず》く宇治原のおじいちゃん。

宇治原が続けた。

「困った日本は、『国民は戦争なったらなんでもせなあかん』という法律を作りました。もちろん僕のおじいちゃんなら分かると思いますがなんという法律でしょうか？」

宇治原のおじいちゃんが答えた。

「国家総動員法！　ではドイツがヨーロッパでいい感じで戦っているのに便乗して日

本も戦いに行くんですけど、アメリカが日本にキレましたね。それで日本は中国とも戦争してるというのにアメリカとイギリスと戦うことになるんですけど、2つも同時に相手したら、そら負けますよね」

宇治原が頷き、おじいちゃんは続けた。

「アメリカと中国とイギリスが降伏するように言いました」

宇治原が答えた。

「ポツダム宣言ですね。しかし日本は降伏せず、戦争に負けてしまいました」

ここから怒濤《どとう》のクイズ合戦になった。

以下宇治原と宇治原のおじいちゃんの会話。

「そう！　それから日本は、アメリカを中心とするGHQに占領されます。その最高指令官は？」

「マッカーサー。ではGHQの目的は？」

「日本を弱体化させ、民主化すること。では具体的にどうした？」

「治安維持法・特別高等警察の廃止。財閥を解体した。土地はどうなった？」

「国が全て買い上げてたくさんの人に振り分け、土地をめっちゃ持ってる大地主を無くした。では戦争の責任は誰が取った？」

「東京裁判が行われ、政治家と軍人が処罰された。天皇は人間であることを宣言させられた。では国民に対してはどうなった？」

「選挙法が変えられ20歳以上の男女が選挙に参加出来るようになった。労働組合を作っていいことになり、労働基準も設定された。教育勅語《きょういくちょくご》が廃止されて教育基本法が定められ、これで教育の機会均等、義務教育の９年制、男女共学が決められた。日本国憲法が定められた（１９４６年11月３日公布、１９４７年５月３日施行）。では日本国憲法の三大原則は？」

「国民主権・基本的人権の尊重・平和主義」

宇治原のおじいちゃんが叫んだ。

「そう！　よく勉強してるな！　さすがうちの孫や！」

宇治原が泣きながら叫んだ。

「おじいちゃん！」

宇治原のおじいちゃんが泣きながら答えた。

「フミノリ!!」

そして二人は抱き合った。

二人のやりとりを見て僕は思った。

「……何これ？」

こんな茶番は放っておいて現代に帰ろう。

土地は誰のものですか？

現代に戻り、もう一度センター試験の問題を解いてみることにした。

宇治原に日本史の流れを教えてもらう前と今では、点数が違うはずだ。

絶対に違うはずだ。そう信じたい。なぜなら日本史の流れは完ぺきに頭に入ったからだ。

日本史の問題を解くのは流れを確認することからだ。

おおざっぱに言うと日本史の流れは1つだ。

それは「土地は誰のものですか？」である。

まずは縄文時代。

争いごとが無く平和で、みな力を合わせて野生動物を捕まえたりして生活していたので、土地はいわゆる「みんなのもの」だった。僕の先祖が宇治原の先祖が作ったイノシシとシカを生け捕るための罠《わな》に落ちて「うわあ。菅また落ちてるやん!!」と罠の上から宇治原の先祖になじられていた時代だ。

弥生時代になると米を作ることになった。

米を作ることになると、米の不作や豊作により貧富の差が生まれた。そうすると「土地を持ってる人」と「土地を持ってない人」が出てきたのだ。

そして「土地を持っているえらいさん」が造った「くに」が邪馬台国《やまたいこく》だ。

卑弥呼《ひみこ》さんがマンガで見たままなのには驚いた。ちなみに、卑弥呼さんが近畿と北九州のどちらにいたかは僕の胸にしまっておこう。

僕もその気持ちが分かるが、えらいさんは自分でえらいさんであることを示したかった。

それでどうしたのか？

おっきな墓を造ったのだ。

それが古墳だ。ハニワングランプリが行われた場所だ。

しかし、大きな墓を造るだけで、周りが言うことを聞くわけはなかった。周りを従わすことが出来るルールが必要になった。

そのルールを作ったのが聖徳太子《しょうとくたいし》さんだ。みなそのルールに従っていたが、聖徳太子さんの死後は状況が変わった。

そして新しいルールを作る人物が現れた。前説をやっていた中大兄皇子《なかのおおえのおうじ》さんと中臣《なかとみの》鎌足《かまたり》さんだ。この二人が作ったのは「土地は俺達のものやけどみんなに貸すから一生懸命耕してね」というルールだった。

大化の改新だ。これから土地は一個人のものではなく国のものになるのだ。

ところが、それから時代は変わり、えらいさんがずっと奈良に住むようになった。

この時代に土地のルールが一変する。

というのは「え？　どんだけ頑張っても土地は自分のものにならないんですよね？　じゃあちゃんと耕しませんけど」となったのだ。僕の先祖も間違いなく言っただろう。絶対そういう性格のはずだ。

すると奈良のえらいさんがルールを変えた。

「じゃあ自分で耕した土地は自分のものにしていいよ！」と言ったのだ。

さあ、ここから土地をめぐって争うことになるのだが、奈良のえらいさんがそれを知るよしも無かった。

次のえらいさんは京都に住むことになる。この頃から貴族が力を持つようになるのだ。イケイケの歌を詠んだ藤原道長《ふじわらのみちなが》さんみたいに。

時代を経て、土地は、耕した者のものになるルールになっていたが、その土地を守ってくれるルールが無かった。

ではどうするか？　もともと権力を持っている貴族にその土地を渡して、守ってもらうしかなくなった。こうして土地を手に入れた貴族はますます力を持ったというわけだ。

だが、やがて土地を持った貴族同士が土地をめぐって争うことになる。

困った貴族はこう思った。

「うーむ。腕に自信があるやつに土地を守ってもらおう！」

こうして土地を守る目的で用心棒が現れた。それが武士なのだ。

また、えらいさんは、藤原さんのような貴族に力を持たれることが嫌だった。だからこう思うようになった。

「次のえらいさんはおまえやけど俺もえらいさんのままな？　貴族が力を持つ余地を無くそうぜ!!」

こうして院政が始まった。しかし上手くいくわけがなかった。

なぜならえらいさんが二人いるからだ。喧嘩《けんか》になるに決まっている。『課長島耕作』を全巻持ってる僕には簡単な話だ。

こうしてえらいさん同士で喧嘩をすることになった。この喧嘩に担ぎ出されたのが武士だ。つまり源氏《げんじ》と平氏《へいし》である。

まずは平氏側が勝った。こうして平清盛《たいらのきよもり》さんがイケイケになった。あんなにイケイケにならなければハゲとか言われることも無かっただろうに。

ただ、すぐに源　頼朝《みなもとのよりとも》さんに負けてしまった。こうして頼朝さんが作った幕府が鎌倉幕府だ。

武士が世の中を支配することになった。

ここでややこしいのは、えらいさんはえらいさんで存在することだ。つまり、幕府はえらいさんから「世の中をまとめたいの？　じゃあしっかり頑張ってね！」と言われて作ったものだということだ。幕府は今の内閣だと思えば分かりやすい。

話を元に戻そう。

鎌倉幕府は良い感じでやってきたが、1つの出来事で大きく変わった。元寇《げんこう》だ。

鎌倉幕府の土地の仕組みは「土地あげるから頑張って戦ってね！」だった。御恩《ごおん》と奉公《ほうこう》だ。ただ、元《げん》に勝ったところで土地をもらえないので、幕府とそれに従う人々（御家人《ごけにん》）のパワーバランスが崩れてしまった。

そこでえらいさん（後醍醐《ごだいご》天皇）が「鎌倉幕府やめね。自分たちで政治するから」と言いだした。初めは幕府に従っていた人々（御家人）も喜んでいたが、そんなに生活も変わらなかったので、新しい幕府を望むようになった。

そして次に出来たのが足利尊氏《あしかがたかうじ》さんが作った室町幕府だ。

今回も、幕府を作るには、えらいさんの許可が必要だった。ところがえらいさん（後醍醐天皇）は、自分で政治がしたいので、それを認めなかった。

尊氏さんはどうしたのか？　別のえらいさんを連れてきたのだ。

こうしてえらいさんがまた二人現れた。

するとどうなるか？　もちろんもめる。『部長島耕作』を全巻持ってる僕には簡単な話だ。

そしてようやく、えらいさんを一人に決めることが出来た人物が現れた。足利義満《よしみつ》さんだ。

寺を金色に出来るくらいノリノリになった。義満さんの時代は良かったが、時が流れ幕府がグダグダになってくると、武士はこう思った。「誰がいちばん強いか決めよう！」

こうして戦国時代になった。

織田信長《おだのぶなが》さんや豊臣秀吉《とよとみひでよし》さんなどが良い感じで国を治める方向になっていったが、最終的に勝ったのが徳川家康《とくがわいえやす》さんだ。ホトトギスが鳴くまで待った人だ。

こうして家康さんが作った幕府が、江戸幕府だ。

家康さんは日本を自分の土地にすることが出来た。国を藩に分けそれぞれの藩主を決め、それを治める形を取った。徳川幕府は265年も続いた。犬好きや暴れん坊が現れた。

幕府が265年も続いた要因のいちばんは、ある決まりごとを作ったからだと思う。

それは禁中並公家諸法度《きんちゅうならびにくげしょはっと》だ。この決まりごとは今までの歴史にはない、えらいさんを取り締まることが出来るルールだった。

これにより、今まで〝えらいさんの許可により作ることが出来た幕府〟が、えらいさんよりも上の立場になったのだ。

他から圧力がない幕府だから、長続きしたと言える。幕府は自分達がいちばんであるために他の国との交流を拒んだ。鎖国だ。

ただ黒船が来たことにより状況が変わった。あまりの武力の違いに尻込みしてしまったのだ。

ドン引きした幕府はいちばんしてはいけないことをしてしまった。えらいさんに意見を求めてしまったのだ。これにより状況が変わり、「あれ？　幕府大丈夫？」となった。

世間は様々な意見に分かれたが、幕府が持っていた力をえらいさんに返すことで落ち着いた。

大政奉還《たいせいほうかん》だ。慶喜《よしのぶ》さんがロンリートークをした次の日の出来事だった。

そしてえらいさんをいちばんとする明治時代になった。

今までは「日本の土地を誰が支配するのか？」で日本人同士で争っていたが、この時代からは「日本の土地を欲しがっている外国からこれを守るにはどうするべきか？」に変わっていった。

実際外国を見た人と見てない人では、当然意見が違ったりしたが、「外国を見習っていこう！　すごいから！」という意見に落ち着いた。今までの分を取り戻すかのように外国の文化を吸収した。そしてしだいに、「日本の土地を広げるためにはどうしていくべきか？」に意見が変わった。

日清戦争、日露戦争に勝利し、第一次世界大戦などを経験し、日本はイケイケになった。日本は戦争するためならなんでもありの国になってしまったのだ。そして中国とアメリカを同時に相手にする戦争をしてしまい、日本は敗戦することになった。ついに、日本の土地は日本の持ちものではなくなってしまった。ただ日本の戦争が終わればそれで終わりというわけではなかった。

アメリカとソ連の仲が悪くなっていった。

日本と仲良くしたいアメリカは、日本とサンフランシスコ講和条約を結んだ。これにより日本の土地は日本に帰ってきたが、アメリカの基地が置かれることになるのだ。

ここから日本は独自のやり方で急成長していく。

そして現在、日本ではまた「日本の土地を誰が支配するのか？」で日本人同士で争っているのだ。


よし。日本史の流れは完ぺきに頭に入った。

センター試験を解いてみることにしよう。

前回解いた時は12点だった。問題がまったく分からず、ただマークシートの3を埋めることに時間を費やしてしまった。近年まれに見るしょーもない時間だった。全て勘なので正確には0点だ。

ただ今回は違うはずだ。今年のセンター試験の問題を解いてみることにした。

点数は……42点。しょーもない点数だった。なんてしょーもない点数なんだ。

僕は宇治原を呼び出した。もちろん説教をするためだ。

「おまえに言われたとおり流れ覚えたのに42点やんけ！」

宇治原がテンション低めに言った。

「センター試験やろ？　流れ覚えただけやったらそれくらいやで」

宇治原の言ってることが正論なのは分かっているが、ここで引いてしまってはいけないことも経験上分かっていた。

「あなたが日本史の教科書を物語のように読んだらいいって言ったんですよね？　僕ちがいますよね？　あなたから言いだしたんですよね？　僕そうしましたよ。責任取ってくださいよ！」のテンションでいかなければならないのだ。

僕はテンション高めに宇治原に言った。

「せめて7割くらいは取りたいんやけど」

少しだけテンションを上げた宇治原が答えた。

「じゃあこれ覚えたら？　流れ覚えていたら語句も覚えやすいで」

僕が文句を言いに来るのを分かっていたかのように、宇治原が紙を渡してきた。その紙には縄文時代から現代までの覚えておいた方がいいであろう「宇治原チョイス語句」が書いてあった。

僕は宇治原に質問した。

「これ覚えたら7割取れるの？」

宇治原がテンション低めに答えた。

「全部覚えたらな」

僕は率直な質問を宇治原にぶつけた。

「10割取るにはどうしたらいいの？」

すると宇治原がカバンから膨大な紙を取り出した。

「これ全部覚えたら取れるわ」

やる気が削《そ》がれる量を見せられた。

この量は無理なので、とりあえず僕は宇治原から渡された「宇治原チョイス語句」を覚えることにした。学生の時よりも記憶力が落ちてきているので覚えるのは大変だろう。覚えてもすぐに忘れてしまうからだ。

覚えているうちにしなければならないことが1つあった。

宇治原に日本史の教科書代を請求しなければ。

あと1つ。

次はどの教科書代を請求しようか？

宇治原チョイス語句

<縄文時代>

野尻湖［のじりこ］長野県にあるナウマンゾウやオオツノジカが発見された湖

相沢忠洋［あいざわただひろ］群馬県にある岩宿遺跡で打製石器を発見し旧石器時代研究のパイオニアとなった

大森貝塚［おおもりかいづか］東京にある日本でいちばん初めにモースさんに発見された貝塚。宇治原に騙された場所

三内丸山遺跡［さんないまるやまいせき］青森県にある縄文時代の遺跡

抜歯［ばっし］歯を抜く変な儀式

屈葬［くっそう］死んだ人の葬り方

<弥生時代>

吉野ヶ里遺跡［よしのがりいせき］佐賀県にある弥生時代最大の遺跡

登呂遺跡［とろいせき］静岡県にある遺跡。吉野ヶ里遺跡が発見されるまでかなり有名だった

環濠集落［かんごうしゅうらく］敵の攻撃から守るために柵や堀で囲っている

<古墳時代>

高句麗、任那、新羅、百済［こうくり、みまな、しらぎ、くだら］朝鮮半島にあった国の名前

<飛鳥時代>

法隆寺金堂釈迦三尊像、飛鳥寺釈迦如来像［ほうりゅうじこんどうしゃかさんぞんぞう、あすかでらしゃかにょらいぞう］鞍作鳥［くらつくりのとり］さんの作った仏像

玉虫厨子［たまむしのずし］昆虫の柄の、人が入れるくらい大きい工芸品

煬帝［ようだい］隋のいちばんえらいさん

裴世清［はいせいせい］遣隋使のあとに日本に来た隋の人

高向玄理、南淵請安、僧旻［たかむこのくろまろ、みなぶちのしょうあん、そうみん］日本から隋に学びに行った賢いやつら

蘇我蝦夷、入鹿［そがのえみし、いるか］乙巳［いっし］の変で中大兄皇子さん・中臣鎌足さんらによりボコボコにされた人々。このあと、中大兄皇子さんと中臣鎌足さんを中心に大化の改新が起こる

白村江の戦い［はくそんこうのたたかい／はくすきのえのたたかい］唐と新羅 VS. 日本と百済。日本が負けてしまう

額田王［ぬかたのおおきみ］万葉集でいい感じの歌を詠む

防人［さきもり］唐が攻めてくるかもと思い、九州を守る

薬師寺、薬師三尊像［やくしじ、やくしさんぞんぞう］天武天皇が皇后の病気平癒を祈り、建てたお寺。薬師寺にある仏像

<奈良時代>

藤原不比等［ふじわらのふひと］ここを平城京にしよかと言った人

養老律令［ようろうりつりょう］藤原不比等さんが作ったという説と、首［おびと］皇子さん（のちの聖武天皇）のもとで編集され

たという説のある法律

二官八省、太政官、太政大臣、左大臣、右大臣 [にかんはっしょう、だいじょうかん、だいじょうだいじん、さだいじん、うだいじん] この時代の地位とか組織の名称。正しくは、二官と八省は行政組織名。太政官は二官の1つ、太政大臣以下は太政官内の役職名

大宰府 [だざいふ] 菅原道真さんが流されたとこ

天平文化 [てんぴょうぶんか] 奈良時代の文化。聖武天皇の頃の年号から

東大寺正倉院宝庫 [とうだいじしょうそういんほうこ] 東大寺にある宝物を入れておく蔵

阿倍仲麻呂 [あべのなかまろ] 遣唐使として派遣された人。「天の原　ふりさけ見れば　春日なる　三笠の山に　出でし月かも」と詠んだ

風土記 [ふどき] この時代の地理の本

富本銭 [ふほんせん] 日本で初めて造られたと推定される銭貨。流通貨幣か、まじないに使用されたものかは、まだ分かっていない

和同開珎 [わどうかいちん／わどうかいほう] 日本で2番目に造られた銭貨。流通貨幣として使われた

蝦夷 [えみし] ヤマト政権の時代には関東、大化の改新以後は東北で、ヤマト政権と抗争した部族

稗田阿礼、太安万侶 [ひえだのあれ、おおのやすまろ]『古事記』を作ったコンビ

舎人親王 [とねりしんのう]『日本書紀』を作った人

長屋王 [ながやおう] 聖武天皇が若い時に政治を担当していた人

国分寺建立の詔 [こくぶんじこんりゅうのみことのり] 世の中に良

いことが全然なかったから、仏教の力でなんとかしようとした。国ごとに国分寺と国分尼寺を建てた

行基［ぎょうき／ぎょうぎ］大仏造りに貢献したお坊さん

鑑真［がんじん］唐のえらいお坊さん。唐招提寺を建てました

三世一身法［さんぜいっしんのほう］3世代まで土地を貸してもらえる

墾田永年私財法［こんでんえいねんしざいほう］ずっと土地をもらえる

<平安時代>

最澄、空海［さいちょう、くうかい］「天才（天台宗・最澄）真空（真言宗・空海）」と覚えましょう。平安仏教は、この2つから始まった

長岡京［ながおかきょう］桓武天皇が造った平安京の前の都

勘解由使［かげゆし］国司を取り締まる役職

枕草子　清少納言［まくらのそうし　せいしょうなごん］**源氏物語　紫式部**［げんじものがたり　むらさきしきぶ］この2つはセットで覚えましょう。『源氏物語』は光源氏というプレイボーイが主役の超長い物語

浄土教［じょうどきょう］阿弥陀仏を信じていれば極楽に行けるという教え

平等院鳳凰堂［びょうどういんほうおうどう］10円玉のやつ

紀貫之［きのつらゆき］『古今和歌集』を編集したり『土佐日記』を書いたりした人

竹取物語［たけとりものがたり］日本でいちばん古い物語

不輸の権、不入の権［ふゆのけん、ふにゅうのけん］税を納めなく

てよいし、国司の監視も無くなる権利

平将門［たいらのまさかど］俺は新皇やぞと言った人

藤原純友［ふじわらのすみとも］将門さんと同じ時期にキレた人。でも将門さんとは関係なし

＜院政　平氏＞

中尊寺金色堂［ちゅうそんじこんじきどう］奥州藤原氏が建てた平泉にある金色の建物

平家物語　琵琶法師［へいけものがたり　びわほうし］俊寛さんがエライ目にあった話。鎌倉前期の軍記物語

後白河法皇［ごしらかわほうおう］平清盛さんと関係の深い人

壇ノ浦の戦い［だんのうらのたたかい］義経さんがめちゃ強く、平氏を滅ぼした戦い

屋島の戦い［やしまのたたかい］那須与一さんが大活躍した戦い

安徳天皇［あんとくてんのう］壇ノ浦の戦いで亡くなった天皇

源義仲［みなもとのよしなか］平氏を滅ぼすために頑張った人

＜鎌倉時代＞

御恩と奉公［ごおんとほうこう］幕府のために頑張るとご褒美をもらえる仕組み。吉本興業と一緒

一所懸命［いっしょけんめい］１つの土地で頑張る。「一生懸命」の語源

侍所［さむらいどころ］御家人を取り締まるとこ

政所［まんどころ］幕府のお金を管理するとこ。行政、訴訟なども行った

問注所［もんちゅうじょ］裁判するとこ

御成敗式目［ごせいばいしきもく］北条泰時さんが作った武士で初めての法律
六波羅探題［ろくはらたんだい］京都に住んでるえらいさんを監視するとこ
フビライ・ハン［ふびらい・はん］元のえらいさん
北条時宗［ほうじょうときむね］元寇の時のえらいさん
竹崎季長［たけざきすえなが］元寇めっちゃ大変やったと思わすために蒙古襲来絵詞を描かせた

【鎌倉仏教】

浄土宗　法然［じょうどしゅう　ほうねん］南無阿弥陀仏と念仏を唱えると誰でも救われるという宗派と、その開祖
浄土真宗　親鸞［じょうどしんしゅう　しんらん］南無阿弥陀仏と念仏を唱えなくてよいと説いた宗派と、その開祖（法然の弟子）
歎異抄［たんにしょう］悪人の方が極楽に行ける悪人正機説を唱えた。菅よりも宇治原が極楽に行けるという考え方。だからおかしいと思います
時宗　一遍［じしゅう　いっぺん］踊りながら念仏を唱える楽しそうな宗派と、その開祖
日蓮宗　日蓮［にちれんしゅう　にちれん］自分のとこ以外は良くないという教えを説く宗派と、その開祖
臨済宗　栄西［りんざいしゅう　えいさい］座禅を組む宗派と、その開祖
曹洞宗　道元［そうとうしゅう　どうげん］座禅を組む宗派と、その開祖

【文化】

徒然草　吉田兼好［つれづれぐさ　よしだけんこう］「つれづれなる

ままに」から始まる随筆と、その作者

方丈記　鴨長明［ほうじょうき　かものちょうめい］「行く川のながれは絶えずして」から始まる随筆と、その作者

東大寺南大門　金剛力士像　運慶、快慶［とうだいじなんだいもんこんごうりきしぞう　うんけい、かいけい］いかつい２組の寄木造の像と、その作者

<南北朝時代>

楠木正成［くすのきまさしげ］鎌倉幕府を倒した強い人

新田義貞［にったよしさだ］鎌倉幕府を倒した強い人

建武の新政［けんむのしんせい］後醍醐天皇が自分で政治をやると言いだした

二条河原の落書［にじょうがわらのらくしょ］建武の新政に対する悪口を書いている

<室町時代>

北山文化［きたやまぶんか］鹿苑寺金閣が有名

水墨画［すいぼくが］薄い墨で描いた絵。雪舟さんが有名

鎌倉府［かまくらふ］鎌倉幕府の代わり

関東管領　上杉氏［かんとうかんれい　うえすぎし］鎌倉府のえらいさん

一味神水［いちみしんすい］一揆の時、みんなでお水を飲む

徳政一揆［とくせいいっき］幕府に徳政令を出すように要求する一揆

一向一揆［いっこういっき］本願寺門徒の一揆。加賀国で起こった一揆が有名

観阿弥、世阿弥［かんあみ、ぜあみ］能がめっちゃうまい親子。『風姿花伝』は世阿弥が書いた演劇論
応仁の乱［おうにんのらん］グダグダの戦い
足軽［あしがる］歩兵
東山文化［ひがしやまぶんか］慈照寺銀閣が有名
銀閣［ぎんかく］足利義政さんが建てた。下層が書院造。上層は禅宗様の特徴を持つ
枯山水［かれさんすい］庭造りのやり方の名前
茶の湯［ちゃのゆ］お茶をたてる
御伽草子［おとぎぞうし］「浦島太郎」「一寸法師」など
池坊専慶［いけのぼうせんけい］池坊花道の祖
狩野派［かのうは］漢画系の流派
喧嘩両成敗［けんかりょうせいばい］喧嘩したら両方悪い
種子島時尭［たねがしまときたか］種子島に住んでいて、ポルトガル人から鉄砲の作り方を学ばせて作らせた人

＜戦国時代＞

長篠の合戦［ながしののかっせん］織田信長さんが武田勝頼さんをボコボコにした戦い
天正遣欧使節［てんしょうけんおうしせつ］大友義鎮（宗麟）［おおともよししげ（そうりん）］さん、有馬晴信［ありまはるのぶ］さん、大村純忠［おおむらすみただ］さんがローマ教皇のもとに少年使節を送った。留学みたいな感じ
本能寺の変［ほんのうじのへん］織田信長さんが本能寺で明智光秀さんに殺されたと言われている
山崎の戦い［やまざきのたたかい］豊臣秀吉さんが明智光秀さんを

ボコボコにした戦い

賤ヶ岳の戦い［しずがたけのたたかい］秀吉さんが柴田勝家さんをボコボコにした戦い

長宗我部元親［ちょうそかべもとちか］四国のえらいさん。秀吉さんにボコボコにされる

島津義久［しまづよしひさ］九州のえらいさん。秀吉さんにボコボコにされる

北条氏政［ほうじょううじまさ］関東のえらいさん。秀吉さんにボコボコにされる

聚楽第［じゅらくだい］秀吉さんが関白になった時に建てた京都の家

五大老［ごたいろう］徳川家康さん、前田利家さん、毛利輝元さん、宇喜多秀家さん、上杉景勝さん

五奉行［ごぶぎょう］浅野長政さん、増田長盛さん、前田玄以さん、長束正家さん、石田三成さん

大坂冬の陣、夏の陣［おおさかふゆのじん、なつのじん］徳川家が豊臣家を滅ぼすために行った戦い。冬の陣が先やから気をつけて。夏の陣で大坂城が焼け落ちる

＜江戸時代　前期＞

紀伊、水戸、尾張［きい、みと、おわり］親藩の有名な３藩

旗本［はたもと］将軍に会うことが出来る家臣

御家人［ごけにん］将軍に会うことが出来ない家臣

大老、老中、若年寄［たいろう、ろうじゅう、わかどしより］この順番でえらいさん

寺社奉行［じしゃぶぎょう］お寺や神社担当のえらいさん

町奉行［まちぶぎょう］お江戸の行政・司法・警察を管轄するえらいさん。有名なのは大岡忠相さん。かの有名な大岡越前
勘定奉行［かんじょうぶぎょう］CMでやってるパソコンの会計ソフトではない。税の徴収や訴訟を担当するえらいさん
京都所司代［きょうとしょしだい］朝廷と西国の監視
慶安の触書［けいあんのふれがき］農民の生活の決まりごとが書いてある。有名野球部の寮の決まりごとくらい厳しい
リーフデ号　ヤン・ヨーステン、ウィリアム・アダムス（三浦按針）［りーふでごう　やん・よーすてん、うぃりあむ・あだむす（みうらあんじん）］リーフデ号でオランダから来た人々
慶長遣欧使節［けいちょうけんおうしせつ］支倉常長［はせくらつねなが］さんが伊達政宗さん（ダースベイダーのモデル）にちょっとヨーロッパ行ってきてと言われた
朱印船［しゅいんせん］貿易するため朱印状を受けた船
末期養子の禁［まつごようしのきん］子供がいない大名が死ぬ間際に養子を取ることを禁じる
由井正雪の乱［ゆいしょうせつのらん］４代将軍家綱さんの時に幕府に喧嘩を売った
生類憐みの令［しょうるいあわれみのれい］綱吉さん（犬超好き）が作った法律。人間より犬の法律

<江戸時代　後期>

上米の制［あげまいのせい］もっと幕府に米くれと大名に要求した
足高の制［たしだかのせい］家柄に関係なく優秀な人材を登用し、地位に見合う石高を渡す制度

杉田玄白［すぎたげんぱく］『解体新書』という医学書を翻訳した人

平賀源内［ひらがげんない］土用の丑の日にうなぎを食べることを考えたアイデアマン

小石川養生所［こいしかわようじょうしょ］医院

公事方御定書［くじかたおさだめがき］裁判の基準になる書類

相対済し令［あいたいすましれい］喧嘩してる同士を話し合いで解決させるルール

棄捐令［きえんれい］旗本、御家人の借金を帳消しにする

寛政異学の禁［かんせいいがくのきん］朱子学以外の学問を禁止にする

林子平［はやししへい］『海国兵談』を書いた人。海防した方が良いって言ったら幕府に処罰された

大塩平八郎［おおしおへいはちろう］米屋を襲って金や米を奪い貧しい人に配ろうとした（大塩の乱）

人返し令［ひとがえしれい］農民に、田畑に帰れと命令した

<開国　幕末>

プチャーチン［ぷちゃーちん］ロシアの人。ペリーさんと同じように日本に開国してと言った

下田、箱館［しもだ、はこだて］日米和親条約で開港した

最恵国待遇［さいけいこくたいぐう］通商・関税・航海など、いつでも優先してもらえるという特権

ハリス［はりす］日本と通商条約を結んだアメリカ人

徳川斉昭［とくがわなりあき］徳川慶喜さんのお父さん

島津斉彬［しまづなりあきら］慶喜さんを将軍にしようとした人

安政の大獄［あんせいのたいごく］井伊直弼［いいなおすけ］さんが自分の意見に刃向かう橋本左内［はしもとさない］さんや松下村塾［しょうかそんじゅく］で教えていた吉田松陰［よしだしょういん］さんを処罰した事件
桜田門外の変［さくらだもんがいのへん］井伊直弼さんが水戸藩を脱藩した浪士に殺された事件
和宮［かずのみや］徳川家茂［とくがわいえもち］さんの奥さん
島津久光［しまづひさみつ］慶喜さんを将軍後見職、松平慶永［まつだいらよしなが］さんを政事総裁職、松平容保［まつだいらかたもり］さんを京都守護職にした人
八月十八日の政変［はちがつじゅうはちにちのせいへん］三条実美［さんじょうさねとみ］さんが朝廷から要らんと言われた事件
新撰組［しんせんぐみ］幕府の用心棒集団
禁門の変（蛤御門の変）［きんもんのへん（はまぐりごもんのへん）］長州 VS. 薩摩、会津、桑名の戦い。長州がボコボコにされた
高杉晋作［たかすぎしんさく］長州の人。奇兵隊を作った
生麦事件［なまむぎじけん］薩摩藩の人がイギリス人を生麦で殺してしまった事件
中岡慎太郎［なかおかしんたろう］ドラゴンホース坂本さんと組んで薩長同盟を実現させた人。土佐藩
後藤象二郎［ごとうしょうじろう］ドラゴンホース坂本さんと組んで大政奉還を実現させた人。土佐藩

＜明治時代＞

鳥羽・伏見の戦い［とば・ふしみのたたかい］戊辰戦争の１つ
会津の戦い［あいづのたたかい］戊辰戦争の１つ

五稜郭の戦い［ごりょうかくのたたかい］戊辰戦争の１つ
榎本武揚［えのもとたけあき］五稜郭に立てこもった人
勝海舟［かつかいしゅう］旧幕府の軍艦奉行。ドラゴンホース坂本さんの師匠
無血開城［むけつかいじょう］新政府と旧幕府の戦いで、江戸では血が流れずにすんだ
五榜の掲示［ごぼうのけいじ］庶民に出した決まりごと
版籍奉還、廃藩置県［はんせきほうかん、はいはんちけん］諸藩主の領地、領民を天皇に返し、今までの藩をやめて県にすること
士族の商法［しぞくのしょうほう］武士は商売慣れしていないからめっちゃくちゃ商売下手
廃刀令［はいとうれい］危ないから刀差すの禁止
地租改正［ちそかいせい］土地の値段を決める
地券［ちけん］土地の値段を書いた紙
殖産興業［しょくさんこうぎょう］産業を発達させること
岩崎弥太郎［いわさきやたろう］三菱の創始者
前島密［まえじまひそか］郵便局を作ったすごい人
クラーク［くらーく］少年よ大志を抱け!!　の人
征韓論［せいかんろん］朝鮮を武力で開国させようとする考え方
日清戦争［にっしんせんそう］日本と清の戦争
元老院［げんろういん］法律を作るとこ
大審院［だいしんいん］裁判するとこ
佐賀の乱　江藤新平［さがのらん　えとうしんぺい］新政府にキレて起きた戦いと、その中心人物
立志社［りっししゃ］板垣さんが土佐で作った政治団体
国会期成同盟［こっかいきせいどうめい］板垣さんが愛国社の次に

作った政治団体。めっちゃでかい

開拓使官有物払下げ事件［かいたくしかんゆうぶつはらいさげじけん］国のものを私物化しようとした事件

国会開設の勅諭［こっかいかいせつのちょくゆ］10年後に国会を開く約束

立憲改進党［りっけんかいしんとう］大隈さんが作った政党

立憲帝政党［りっけんていせいとう］福地源一郎さんが作った政党

私擬憲法［しぎけんぽう］民間で作った憲法のこと

植木枝盛［うえきえもり］自由民権運動をした人

秩父事件［ちちぶじけん］農民により起こった事件

ロエスレル［ろえすれる］明治憲法作成に尽力したドイツ人

ボアソナード［ぼあそなーど］明治政府にいたフランス人

山県有朋［やまがたありとも］元老

松方正義［まつかたまさよし］第4、6代の総理大臣

甲午農民戦争［こうごのうみんせんそう］朝鮮で起こった農民の反乱。日清戦争のきっかけ

三国干渉［さんごくかんしょう］フランスとロシアとドイツがごちゃごちゃ遼東半島について言ってきたこと

＜日露戦争＞

隈板内閣［わいはんないかく］大隈さんと板垣さんの内閣

義和団事件［ぎわだんじけん］清から外国の勢力出ていけ！　という運動

扶清滅洋［ふしんめつよう］清を助けて中国から外国の勢力を無くそうとした

日英同盟［にちえいどうめい］日本とイギリスが手を組む。もし

他の国に攻撃することがあったら黙って見といてな。あと2つ以上の国から攻撃されたら一緒に攻撃してな、という決まり

日比谷焼打ち事件［ひびややきうちじけん］ポーツマス条約に対して怒った人たちがキレた事件

三民主義　孫文［さんみんしゅぎ　そんぶん］民族主義・民権主義・民生主義の3つで三民主義。清が滅亡したあとに出てきたえらいさんが孫文さん。民主主義革命するぞ！　と頑張った人

朝鮮総督府［ちょうせんそうとくふ］日本が朝鮮を支配するために作った役所。初めのえらいさんは寺内正毅さん

南満州鉄道株式会社［みなみまんしゅうてつどうかぶしきがいしゃ］ポーツマス条約で日本がもらった会社

大阪紡績会社［おおさかぼうせきがいしゃ］大阪にあった綿糸を作る工場。この時代のお金持ちがお金を出した

寄生地主制［きせいじぬしせい］工場が増えたので、農民の仕事が無くなってしまい土地を手放した。その土地を地主が買い占めて、小作人に貸した

三菱長崎造船所［みつびしながさきぞうせんじょ］軽工業も大事やけど、重工業も大事となり出来た造船所

高野房太郎、片山潜［たかのふさたろう、かたやません］労働条件悪すぎるから変えようって言ってくれた人

平民新聞　堺利彦［へいみんしんぶん　さかいとしひこ］日露戦争反対！　と書いた新聞と、その新聞を発行した人

大逆事件［たいぎゃくじけん／だいぎゃくじけん］社会主義者の幸徳秋水［こうとくしゅうすい］さんが殺される

国民之友［こくみんのとも］徳富蘇峰［とくとみそほう］さんが作った雑誌。平民主義だったが戦争を機に国家主義に

金光教、黒住教［こんこうきょう、くろずみきょう］この時代に広まっていた宗教

新島襄［にいじまじょう］同志社大学を作った人。クイズによく出る<宇治原談>

内村鑑三不敬事件［うちむらかんぞうふけいじけん］内村さんはキリスト教信者なので教育勅語に拝礼しなかったのが問題になった事件

森有礼［もりありのり］教育が大事だと感じて学校令を作った人

慶應義塾大学［けいおうぎじゅくだいがく］福沢諭吉さんが作った大学。クイズによく出る<宇治原談>

東京専門学校［とうきょうせんもんがっこう］今の早稲田大学。クイズによく出る<宇治原談>

女子英学塾　津田梅子［じょしえいがくじゅく　つだうめこ］今の津田塾大学と、その設立者。クイズによく出る<宇治原談>

<第一次世界大戦から国際連盟>

袁世凱［えんせいがい］二十一カ条の要求を提出した時の中国のえらいさん

寺内正毅［てらうちまさたけ］中国にめっちゃお金貸した総理大臣

第一次護憲運動［だいいちじごけんうんどう］犬養毅［いぬかいつよし］さんや尾崎行雄［おざきゆきお］さんが桂内閣を倒そうとした

ジーメンス事件［じーめんすじけん］海軍のえらいさんがドイツから軍艦を購入する時に謝礼をもらっていた事件

津田左右吉［つだそうきち］古代史を研究した賢い人

西田幾多郎［にしだきたろう］善を研究した賢い人
本多光太郎［ほんだこうたろう］ＫＳ磁石鋼を作った賢い人
野口英世［のぐちひでよ］黄熱病を研究した賢い人
支払い猶予令（モラトリアム）［しはらいゆうよれい（もらとりあむ）］お金払うのを待ってくれる
三井、三菱、住友、安田［みつい、みつびし、すみとも、やすだ］財閥。お金持ち集団
船成金［ふねなりきん］第一次世界大戦で儲かった人々
平塚らいてう［ひらつからいちょう］女性の社会的地位を高めようとした人
市川房枝［いちかわふさえ］女性も選挙に参加するべきと言った人
全国水平社　部落解放同盟［ぜんこくすいへいしゃ　ぶらくかいほうどうめい］第二次世界大戦以前に差別を無くすために作られた。のち、戦後の1955年に部落解放同盟となる
ワシントン会議［わしんとんかいぎ］世界で初めて軍縮について話し合った会議
四カ国条約［よんかこくじょうやく］ワシントン会議で、日本、アメリカ、イギリス、フランスの４ケ国が仲良くしていこうと決めた
九カ国条約［きゅうかこくじょうやく］イギリス、アメリカ、日本、フランス、イタリアの５ケ国に、ベルギー、ポルトガル、オランダ、中国を加え、中国についていろいろ決めた
ワシントン海軍軍縮条約［わしんとんかいぐんぐんしゅくじょうやく］ワシントン会議の４ケ国にイタリアを加え海軍の力を抑えていこうという決まり

＜第二次世界大戦＞

柳条湖事件［りゅうじょうこじけん］関東軍の自作自演で南満州鉄道の線路を爆破する

満州事変［まんしゅうじへん］日本軍が勝手に満州を占領してしまう事件

血盟団事件［けつめいだんじけん］井上日召［いのうえにっしょう］さんらによるテロ事件

五・一五事件［ごいちごじけん］1932年5月15日、犬養毅さんが海軍の青年に殺された事件

斎藤実、高橋是清［さいとうまこと、たかはしこれきよ］二・二六事件で陸軍の青年将校に殺される

リットン調査団［りっとんちょうさだん］満州のことで日本と中国の言い分のどちらが正しいか調べた団体

天皇機関説　美濃部達吉［てんのうきかんせつ　みのべたつきち］国は法律によって人格を与えられたもので、国家の機関がその意思決定を行う。意思決定の最高機関は天皇であるとする考え。それを唱えた東大教授で、議員

ファシスト［ふぁしすと］ファシズムさいこーの人々

ナチス［なちす］ドイツの政党

日独伊三国防共協定［にちどくいさんごくぼうきょうきょうてい］日本とドイツとイタリアが仲良くする

盧溝橋事件［ろこうきょうじけん］日中戦争の始まりの事件

抗日民族統一戦線［こうにちみんぞくとういつせんせん］中国の2つの集まりが対日本のために1つになった。魔人ブウを倒すためにベジータと悟空が手を組んだように

近衛文麿［このえふみまろ］大政翼賛会を作った首相

国家総動員法［こっかそうどういんほう］戦争のためなら議会を通さず何してもいいよという決まり

大政翼賛会［たいせいよくさんかい］戦争のために今までの政党を1つにした

日独伊三国同盟［にちどくいさんごくどうめい］日本、ドイツ、イタリアが仲良くなる

日ソ中立条約［にっそちゅうりつじょうやく］日本とソ連は喧嘩しない

ABCD包囲陣［えーびーしーでぃーほういじん］アメリカとイギリスと中国とオランダが協力して日本の経済封鎖をした

真珠湾攻撃［しんじゅわんこうげき］日本がアメリカの基地を奇襲攻撃した

ミッドウェー海戦［みっどうぇーかいせん］アメリカの大攻撃

カイロ宣言［かいろせんげん］アメリカ、イギリス、中国が日本と最後まで戦うことを宣言した

ヤルタ協定［やるたきょうてい］アメリカ、イギリス、ソ連で仲良くなり、戦後処理をどうするかを決めた

ポツダム宣言［ぽつだむせんげん］アメリカ、中国、イギリスが日本に降伏するように要求してきた

連合国軍総司令部（GHQ）［れんごうこくぐんそうしれいぶ（じーえいちきゅー）］グラサンパイプマンことマッカーサーさんが所属してるとこ

人間宣言［にんげんせんげん］天皇が人間であることを宣言した

極東国際軍事裁判［きょくとうこくさいぐんじさいばん］日本の軍人やえらいさんが戦争の責任を取らされた

教育基本法［きょういくきほんほう］教育の機会均等、義務教育9

年制、男女共学などを定めた
義務教育［ぎむきょういく］小、中の９ケ年
農地改革［のうちかいかく］今までの土地を国が買い取り小作人に安く売った
財閥解体［ざいばつかいたい］三井、三菱などの財閥を解体した
インフレーション［いんふれーしょん］物価が、ある期間急激に上昇しつづけること。デフレの反対。貨幣がものの量に比較して多量に発行されて、経済・社会が混乱するケースを「悪性インフレ」といい、日本も何度かみまわれている
労働組合法［ろうどうくみあいほう］労働者の団結権・団体交渉権・争議権が保障された
労働関係調整法［ろうどうかんけいちょうせいほう］労使関係が悪くならないようにした
労働基準法［ろうどうきじゅんほう］労働条件の基準が良い感じになった
日本自由党、日本進歩党、日本社会党、日本共産党［にほんじゆうとう、にほんしんぽとう、にほんしゃかいとう、にほんきょうさんとう］日本の政党の名前
吉田茂［よしだしげる］サンフランシスコ講和会議でサンフランシスコ平和条約を結んだ人
日本国憲法の三大原則［にほんこくけんぽうのさんだいげんそく］国民主権、基本的人権の尊重、平和主義
朝鮮戦争［ちょうせんせんそう］北朝鮮と韓国の戦争
日米安全保障条約［にちべいあんぜんほしょうじょうやく］アメリカの基地を日本に造ることになった
鳩山一郎［はとやまいちろう］日ソ共同宣言を出した時の総理大

臣

日中共同声明 [にっちゅうきょうどうせいめい] 田中角栄さんが総理大臣の時に中国と国交を回復した。中国からパンダが来た

日中平和友好条約 [にっちゅうへいわゆうこうじょうやく] 福田赳夫さんが総理大臣の時に結ばれた

日米貿易摩擦 [にちべいぼうえきまさつ] アメリカへの輸出が増えてアメリカからの輸入が減っている状態

解説

宇治原史規

僕は日本史が得意です。

得意になったのには理由があります。

それは日本史が好きだからです。

好きになったのには理由があります。

それは日本史がおもしろいと思っているからです。

どんな勉強にしろ、それがおもしろいと思っている人は、それが得意であり、成績がよくなることがほとんどでしょう。

つまり勉強のいちばんのコツは、「おもしろいと思う」ことだと思います。

おもしろいと思ったことは覚えられる。だから僕は日本史で習う人物や、できごとの順番が覚えられます。

学生のころ、同級生の「日本史の人物とかできごとの順番が覚えられない」という話に、「なんでやねん！」と思っていました。

これはただの自慢ではありません。この「なんでやねん！」には続きがあり、「なんでやねん！　ドラゴンボールの登場人物とか話の順番は覚えてるやろ！」と思っていました（ちなみに僕はドラゴンボールの登場人物は覚えてません。菅さんが言うには、ピッコロという登場人物のことを、僕は「あの、みどりのん」と言ったらしいです）。

「ドラゴンボールの登場人物とか話を覚えるのと、日本史で習う人物とかできごとの順番覚えるのとなにがどう違うねん！」

僕は本気で思っていました。

なぜみんな「好きな」漫画やドラマの登場人物は忘れないのに、日本史で習う人物は忘れるのか。なぜみんな「好きな」漫画やドラマの話の順番は覚えてるのに、日本史のできごとの順番は覚えられないのか。

そうです。学生のころは気づかなかったのですが、いまはわかります。

みんなが日本史は「好きではない」からです。

なぜ「好きではない」のか。日本史は「おもしろくない」からです。

僕は日本史の教科書を、漫画を読むかのように、ドラマを見るかのように、おもしろいと思って読んでいました。

日本史も漫画やドラマと同じく、最初から最後まで話がつながっています。次はどんな展開になるんだろう、どんな登場人物が現れるんだろう、そう思いながら教科書を読んでいました。

だから日本史の勉強のコツを友達に聞かれたら、教科書を物語のように読む、とだけ言っていました。

どうやら、この本の著者、僕の相方であり同級生でもある菅さんにも、高校生のころにそう言ったようです。

このアドバイスはまちがいでした。教科書を「おもしろい」と思って物語のように読まないと、日本史の成績は上がりません。

そして高校時代は僕の言ったとおりにはできず、とてもたいしたことのない成績をとっていた菅さんが、大人になってから、おもしろいと思える日本史の教科書を書く、と言い出しました。

つまり、僕のように日本史の教科書をおもしろいと思いながら読むのは無理だから、自分でおもしろいと思えるように教科書を書き直すとのことでした。

そんなバカな。

日本史の教科書を書き直すって。

教科書を書いてる人たちが、何年日本史の研究をして、どれぐらい時間かけて書いてると思ってんねん。

日本史の最初から最後までを本にするって、日本なめとんのか。

正直そう思いました。

そうこうしているうちにとりあえず書けたらしいので、読ませてもらいました。

いや、タイムマシーンってどんな始まりやねん！

いや、空海そんなしゃべり方してないやろ！

いや、菅原道真キレすぎやろ！

いや、ロザンが堺まつり行ったときのエピソードいらんやろ！

いや、徳川慶喜そんな感じやったか？　子孫に怒られへん？

いや、宇治原と歴史上の人物のクイズ大会ってなんやねん！

あー、おもしろかった。

そうです。おもしろかったのです。

この本は、日本史のすべてを網羅してはいません。そういう意味では、日本史の教科書としては失格だと言う人がいるかもしれません。

ただ、僕が思う日本史の教科書のいちばん重要な要素は、「おもしろいと思って読める」ことです。この本はそのいちばん重要な要素をおさえています。

この本を読み終わった方は、日本史が得意になったかはわかりませんが、その第一歩である、「日本史がおもしろい」とは思っていただけるのではないかと思います。

菅さんは見事に日本史の教科書を書き直しました。

謝ります。おわびのしるしに、菅さんがこの本を書く前に買ったという日本史の教科書代、お支払いいたします。

――芸人（ロザン）

この作品は二〇一四年十月小社より刊行されたものです。

幻冬舎文庫

●好評既刊

京大芸人

菅　広文

高性能勉強ロボ・宇治原史規は、いかにして京大に合格したのか？　受験に限らずあらゆる試験に応用可能な勉強法が明らかに！　高学歴コンビ・ロザンの菅広文が描く抱腹絶倒小説。

●最新刊

織田信長　435年目の真実

明智憲三郎

桶狭間の戦いの勝利は偶然なのか？　何故、本能寺で討たれたのか？　未だ謎多き男の頭脳を、現存する史料をもとに徹底解明。日本史史上最大の謎と禁忌が覆される!!

●最新刊

明日の子供たち

有川　浩

児童養護施設で働き始めて早々、三田村慎平は壁にぶつかる。16歳の奏子が慎平にだけ心を固く閉ざしてしまったのだ。想いがつらなり響く時、昨日と違う明日がやってくる。ドラマティック長篇。

●最新刊

天が教えてくれた幸せの見つけ方

岡本彰夫

「慎み」「正直」「丁寧」を心がけると、神様に愛されます。「食を大切にすれば運が開ける」「お金は、いかに集めるかより、いかに使うか」など、毎日を幸せに生きるヒント。

●最新刊

あの世へ逝く力

小林玖仁男

死にも〝技術〟が必要です――。余命2年半の料理屋の主人が、絶望の淵をさまよった末に、「終活」より重要な〝死の真実〟にたどりついた。最後の時を悔いなく迎えるための心の整え方。

幻冬舎文庫

●最新刊
男の粋な生き方
石原慎太郎

仕事、女、金、酒、挫折と再起、生と死……。文壇と政界の第一線を走り続けてきた著者が、自らの体験を赤裸々に語りながら綴る普遍のダンディズム。豊かな人生を切り開くための全二十八章！

●最新刊
勝ちきる頭脳
井山裕太

12歳でプロになり、数々の記録を塗り替えてきた天才囲碁棋士・井山裕太。前人未到の七冠再制覇を成し遂げた稀代の棋士が、〝読み〟〝直感〟〝最善〟など、勝ち続けるための全思考を明かす。

●最新刊
鈍足バンザイ！
僕は足が遅かったからこそ、今がある。
岡崎慎司

足が遅い。背も低い。テクニックもない。だからこそ、一心不乱に努力した。日本代表の中心選手となり、2015-16シーズンには、奇跡のプレミアリーグ優勝を達成した岡崎慎司選手の信念とは？

●最新刊
わたしの容れもの
角田光代

人間ドックの結果で話が弾むようになる、中年という年頃。老いの兆しを思わず嬉々と話すのは、変化とはおもしろいことだから。劣化した自分だって新しい自分。共感必至のエッセイ集。

●最新刊
うっかり鉄道
能町みね子

「平成22年2月22日の死闘」「琺瑯看板フェティシズム」「あぶない！　江ノ電」など、タイトルからして珍妙な脱力系・乗り鉄イラストエッセイ。本書を読めば、あなたも鉄道旅に出たくなる！

●最新刊
キズナ
松本利夫　EXILE ÜSA
EXILE MAKIDAI

EXILEのパフォーマーを卒業した松本利夫、ÜSA、MAKIDAIが三者三様の立場で明かすEXILE誕生秘話。友情、葛藤、努力、挫折。夢を叶えた裏にあった知られざる真実の物語。

●最新刊
101%のプライド
村田諒太

ロンドン五輪で金メダルを獲得後プロに転向、世界ミドル級王者となった村田諒太。常に定説を疑い「考える」力を身に付けて日本人初の〝金メダリスト世界王者〟になった男の勝利哲学。

●最新刊
貴族と奴隷
山田悠介

「貴族の命令は絶対！」――30人の中学生に課された「貴族と奴隷」という名の残酷な実験。劣悪な環境の中、仲間同士の暴力、裏切り、虐待が繰り返されるが、盲目の少年・伸也は最後まで戦う！

●最新刊
北京でいただきます、四川でごちそうさま。
四大中華と絶品料理を巡る旅
吉田友和

中国四大料理を制覇しつつ、珍料理にも舌鼓を打つ。突っ込みドコロはあるけど、一昔前のイメージを覆すほど進化した姿がそこにあった。弾丸日程でも大丈夫、胃袋を摑まれること間違いなし！

●最新刊
黒猫モンロヲ、モフモフなやつ
ヨシヤス

里親募集で出会った、真っ黒な子猫。家に来た最初の晩から隣でスンスン眠る「モンロヲ」は、すぐ大切な家族になった。愛猫との〝フツーで特別な日々〟を綴った、胸きゅんコミックエッセイ。

京大芸人式日本史《きょうだいげいにんしきにほんし》

菅広文《すがひろふみ》

平成30年4月10日　初版発行

発行人――石原正康
編集人――袖山満一子
発行所――株式会社幻冬舎
〒151-0051東京都渋谷区千駄ヶ谷4-9-7
電話　03(5411)6222(営業)
　　　03(5411)6211(編集)
　　振替00120-8-767643

印刷・製本―株式会社 光邦
装丁者――高橋雅之
　　　米谷テツヤ

幻冬舎よしもと文庫

ISBN978-4-344-42739-6　C0193　　Y-23-2

幻冬舎ホームページアドレス　http://www.gentosha.co.jp/
この本に関するご意見・ご感想をメールでお寄せいただく場合は、comment@gentosha.co.jpまで。